Heibonsha Library

自分ひとりの部屋

A Room of One's Own

平凡社ライブラリー

Heibonsha Library

自分ひとりの部屋

A Room of One's Own

ヴァージニア・ウルフ著
片山亜紀訳

平凡社

本著作は平凡社ライブラリー・オリジナル版です。

目次

凡例

一、本書は Virginia Woolf, *A Room of One's Own* (Hogarth Press, 1929) の全訳である。
一、訳文では、読みやすさを考慮して適宜改行を加えた。
一、原文の（　）と［　］はおおむねそのまま訳文に用いた。
一、原文のイタリックによる強調は傍点を付し、引用文中の省略は……で示した。
一、原文の引用符〝　〟は「　」に置き換え、原文に引用符はないが読みやすくなると訳者が判断した箇所には〈　〉を補った。
一、原則として書名、雑誌名、詩集名などは『　』、詩篇は「　」によって示した。
一、原著にほどこされている脚注は本文中に注番号を☆1、☆2……によって示し、注記は該当箇所にできるだけ近い奇数頁に示した。
一、訳者による補足ならびに注記は、本文中に〔　〕を用いて挿入したほか、注番号を＊1、＊2……によって示し、注記は巻末に掲げた。
一、引用の翻訳はすべて訳者による。
一、原文には、今日では差別的と考えられる表現もあるが、時代的な背景を考慮してそのまま訳出した。

自分ひとりの部屋

このエッセイは一九二八年十月、ニューナムのアーツ・ソサエティで行った講演と、ガートンのオドター・ソサエティで行った講演の二つの原稿をもとにしている。原稿は長く、全部読み上げることはできなかったが、その後、改変して加筆した部分もある。[*1]

第一章

でもねえ――と、みなさんはおっしゃるでしょう。〈女性と小説《フィクション》〉について話してください、とお願いしたんです。〈自分ひとりの部屋〉なんて、いったい何の関係があるんですか？

ご説明しましょう。女性と小説の話をしてほしい、との依頼を受けたわたしは、川のほとりに腰を下ろして、この言葉の意味を考えてみました。それはただ、こういうことかもしれない。ファニー・バーニーについて少々、ジェイン・オースティンについて長めに話をする。ブロンテ姉妹を褒めて、雪に埋もれたハワース牧師館を描写する。ミス・ミットフォードについて、気の利いたことを何か言ってみる。ジョージ・エリオットに敬意を表して、ギャスケル夫人にも触れて、それでおしまい。[*2]

ところがよく考えるうちに、この言葉の意味はそんなに単純ではないように思えてきました。〈女性と小説《フィクション》〉という題目は〈女性と虚構《フィクション》＝女性とはどんなものか〉という意味にも取れるし、みなさんもそのおつもりだったのかもしれない。あるいは〈女性と、女性はどんな文学《フィクション》を書いてきたか〉という意味かもしれない。あるいは〈女性と、女性についてどんな文学《フィクション》が書かれてきたか〉という意味かもしれない。はたまた、これら三つはどうにも分かち難く関連しあっているので、これらの相互関係について考えてほしいのかもしれない[*3]。三者の相互関係を考えるという最後の観点がいちばん面白そうだったので、わたしはこの観点から考察を始めたのですが、そこには致命的欠点が一つあると、やがて気がつきました。つまり、わたしは結論にたどりつけそうにありません。わたしの理解では、講演者のいちばんの義務とは、一時間の話の最後に混じりけのない真理の塊を聴衆に手渡すことです。そうすれば、みなさんはそれをノートに挟んで持ち帰って、暖炉の上にずっと飾っておけます。でも、わたしにはその義務が果たせそうにありません。

わたしにできるのは、せいぜい一つのささやかな論点について、〈女性が小説を書こうと思うなら、お金と自分ひとりの部屋を持たねばならない〉という意見を述べることだけです。したがって、女性の本質とは、小説の本質とは、といった大きな問題には答えられません。

これら二つの大問題に結論を出さねばならないという義務から、わたしは逃げ出します。女性と小説という問題は、わたしにとっては未解決のまま残ります。

それでも、せめてものお詫びのしるしに、〈個室とお金〉についてのこうした意見にわたしがどのようにしてたどりついたのか、これからできるだけご説明したいと思います。ここにいたった筋道を、みなさんにできるだけ十分にお見せします。たぶんこの主張の背後にある考え、ないし偏見を包み隠さずお見せすれば、それが女たちと何かしら関係があり、小説とも何かしら関係があるとわかっていただけるでしょう。

いずれにしても、熱い議論になりそうなテーマを扱うときは――性別についての問いはどれもそんなものばかりですが――、真実をお話しできるなんて期待するだけ無茶というものです。どうやって自分がその意見を持つにいたったか、お見せするくらいしかできません。そうやって聴衆のみなさんに、話し手の限界、偏見、傾向を勘案しながら、ご自分の結論を引き出していただくしかないのです。

こういう場面では、事実よりも虚構《フィクション》に真実がたくさん含まれることがあるものです。ですので、わたしは小説家として自由気ままにふるまうことをお赦しいただき、ここを訪れる前の二日間のお話をさせてもらおうと思います。みなさんがわたしの両肩に背負わせたテーマの重さにうなだれながら、わたしがそのテーマについてどう考えたか。そして日常を過ごしながら、それが日々の実感に合っているかをどうやって検証してみたか。これから出てくるのは、言うまでもなく実在の事物ではありません。オックスブリッジは架空の地名ですし、ファーナムもそうです。[*4]「わたし」も、実在しないだれかを表す便宜上の呼称にすぎません。わたしの口からは嘘が溢れ出ますが、中には真実もいくらか混じっているかもしれません。その真実を探し出して、取っておくに値する部分があるかどうか、決めるのはみなさんです。もし取っておかなくていいと思うのであれば、もちろんすべて屑箱に放り込んで、忘れてくださってかまいません。

＊

というわけで、わたし（メアリー・ビートン、メアリー・シートン、メアリー・カーマイクル、その他みなさんのお好きな名前で呼んでください――名前は重要ではないので）[*5]は一、二週間前、十月の晴れた日に、川のほとりに腰を下ろして考えに耽っていました。さきほどお話しした首枷、つまりあらゆる偏見と激情を掻き立てる〈女性と小説〉というテーマについて結論にいたらねばならないという首枷のせいで、わたしはうなだれ、頭は地面に届かんばかりでした。左右では何かの灌木が黄金色や深紅色に光り、あたかも熱で発火して燃え上がっているようでした。川べりでは柳がその髪を肩まで垂らし、永遠の嘆きに涙していました。川面《かわも》は空や橋や燃え上がる木を気ままに映し出しており、男子学生がボートを漕いでその風景を突っ切っていきはしましたが、その後まるでそんな男子学生などいなかったかのように、風景は元どおりになるのでした。

考えに耽ったまま、一日中でも座っていたかもしれません。想念が――そう呼ぶのもためらわれるくらい慎ましいものでしたが――川の流れに釣り糸を垂らしておりました。それは川面に映った風景のあいだを、浮き草のあいだを、絶えずあちこち動きながら、水に持ち上げられたり沈められたりしていました。するとそのとき、小さくグイと手応えがあって、釣り糸の先にアイディアの塊が急にかかったようでした。用心しいしい釣り糸を沈めて、それからそろそろ引き上げてみると……？　ああ、草の上に置いてみたとき、わたしのアイディアはどんなにちっぽけでつまらないものに見えたことでしょう。腕のいい釣りびとなら、いつの日か料理しておいしくいただくことを楽しみに、このくらいの魚は川に戻して太らせます。そのアイディアがどんなものだったか、ここではお話ししませんが、気をつけてわたしの話をお聞きになっていれば、どこかで登場するのがおわかりになるかもしれません。[*6]

でも、たしかにそれはちっぽけでしたが、その種のものによくある不思議な特性を備えていました。心に放つと、ただちに心を躍らせる重要なものに変化したのです。グイと泳いでは潜り、あちこちでキラキラ光ってさまざまなアイディアを揺さぶり掻き立てたので、じっと座ってなどいられなくなりました。そういうわけで、わたしは気がつくとたいへん足早に芝生を突っ切ろうとしていました。すると、ただちに男性の姿がわたしを遮りました。

前裾のないコートとイヴニングシャツを着込んだその姿は風変わりで、その大きな身ぶりがわたしに向けられたものだとは、にわかにはわかりませんでした。顔に恐怖と憤慨が入り混じった表情が浮かんでいました。理性よりも本能が、わたしを助けてくれました。あの男性は典礼係で、わたしは女性。こちらは芝生で、向こうが小道。芝生はカレッジの教員《フェロー》と学生《スカラー》*7のみ入ることができ、あちらの砂利道こそわたしの居場所。一瞬のうちにそんな思いが頭をよぎりました。わたしが小道に戻ると、典礼係の両腕は下がり、いつもどおりの穏やかな表情に戻りました。砂利道は芝生ほど歩きやすくはありませんでしたが、それほど支障はありませんでした。ただ一つ文句を言わせていただくとしたら、三百年の長きにわたって保たれてきたその芝生を、カレッジの教員《フェロー》と学生《スカラー》の方々が守り抜こうと尽力なさったそのおかげで、わたしの小魚は追い立てられ、どこかに隠れてしまいました。

どんな考えが浮かんだせいで、あれほどまで大胆不敵な不法侵入におよんだのかは、その後すぐ忘れてしまいました。まるで天から雲が舞い降りてきたみたいに、平和の精霊が舞い降りてきたのでした。平和の精霊が宿るとしたら、やはり十月のよく晴れた朝のオックスブリッジの中庭をおいて他にはありません。古い建物の立ち並ぶカレッジからカレッジへと歩いていくと、ついさきほどの苛立ちも収まっていくようでした。素晴らしいガラスのキャビネットに全身がすっぽりと収められたみたいに、雑音がすべて遮断されました。事実との接触から解放された精神は、その折々と調和しそうな思索の上にならどんなものにでも、気ままに舞い降りようとしていました（もちろん、また芝生に侵入しようとしたら別でしょうけれど）。

長期休暇中にオックスブリッジを再訪したことについての、昔のエッセイが何かあったとふと思ったことから、チャールズ・ラムが心に浮かびました。[*8]〈聖チャールズ〉とサッカレーは言い、ラムの手紙を自分の額に押し当てたのでした。[*9]そうよ、どんな故人と比べても（と、そのとき思ったことをそのままお伝えしますと）、ラムはもっとも気さくなひと。どうやってエッセイをお書きになったのですかと、尋ねてみたくなる。ラムのエッセイはマックス・ビアボームの完璧なエッセイ[*10]にも勝る――と、わたしは思いました。ラムのエッセイは、途中で想像力が突然きらめき、才能が稲妻のようにピカッと出現するせいで、瑕が残ってしまい完璧とは言えないけれど、詩情が星みたいにキラキラ輝いている。

ラムは約百年前にオックスブリッジを再訪したことになります。たしかここでミルトンの詩の原稿[*11]を見て、そのことをエッセイに書いていました。たぶんその詩とは「リシダス」のことで、「リシダス」の一語たりとも、最終形と同じではなかったかもしれないと考えると衝撃だった、と書いていました。ミルトンがあの詩句を推敲していたなんて、想像するだけでも冒瀆のように思えたようです。わたしは自分でも「リシダス」の詩行を思い出して、ミルトンが変更したのはどの言葉だったのだろう、どうして変更したのだろうと、あれこれ考えて楽しみました。そして、ラムがかつて見た原稿そのものが数百ヤードしか離れていないところに存在していることに、ふと気づいたのでした。宝物がしまってある有名図書館へと中庭を越えて行けば、ラムの足跡をたどることができます。

この計画をさっそく実行に移しながらわたしは思いました。おまけに、この有名図書館にはサッカレーの『エズモンド』の原稿[*12]も保存してある。批評家は『エズモンド』こそサッカレーのいちばん完璧な作品とよく称している。でもわたしの記憶では、気取った文体は十八世紀の物真似のようで煩わしかった。いや、十八世紀の文体はサッカレーにとってはむしろ自然だったのかもしれない。原稿の変更箇所を見て、文体のために変えているのか、意味のために変えているのかがわかれば、その謎も解けるかもしれない。それにしても、文体とは、意味とは何かを定義しないといけない。問題は――このときわたしは図書館の入り口まで来ていました。わたしはドアを開けたに違いありません。というのも、白い翼ならぬ黒いガウンをはためかせ、守護天使のように、銀髪の親切そうな紳士が慇懃《いんぎん》に行く手を塞いだのです。紳士は手でわたしを遮りながら、ご婦人方はカレッジの教員《フェロー》の付き添いがある場合か、紹介状をお持ちの場合にしか入館が認められないのです、と低い声で告げたのでした。

有名図書館がひとりの女性に罵倒されようと、それは有名図書館にとってはまったくどうでもいいことでしょう。古式ゆかしく静まりかえり、懐中に宝物をしっかりしまい込み、有名図書館は満足げに眠っておりました。わたしにとっては、それは永久《とわ》の眠りでした。過去の残響など二度と呼び覚ましてやるものか、入れてくださいなんて二度と頼んでやるものか――と、わたしは怒って階段を降りながら誓いました。でも昼食会まで、まだ一時間あります。何をしたらいいでしょう。草地を散策しましょうか、川辺に座っていましょうか？　たしかに素敵な秋の朝でした。紅く染まった木の葉が地面にひらひら落ちてくる中、そのどちらを選んでもたいした困難はなさそうです。

ところが、音楽の調べが聞こえてきました。何かの礼拝ないし儀式の最中です。チャペルの入り口の前を通ると、パイプオルガンが荘厳に響いてきました。静謐な雰囲気のもと、キリスト教の哀しみも、哀しみそのものというより哀しみの追憶のように聞こえ、古いパイプオルガンのきしむ音まで平和に包まれているようでした。もしもわたしに足を踏み入れる権利があったとしても、そうするのはご免でした。それにきっと今度は聖堂番がわたしを遮って、あなたの洗礼証明書を見せてください、学寮長の紹介状はありますか、などと言ってくるかもしれません。

でもこれらの立派な建物は、えてして外側も内側と同じくらい立派です。それに、会衆がチャペルの入り口から忙しそうに出入りしている様子を観察するのも、まるで蜂の巣に群がる蜂を見物しているようで面白いものでした。大勢のひとが角帽をかぶり、ガウンをまとっていました。肩に毛皮を垂らしているひともいました。車椅子に座って押してもらっているひともいました。中年を過ぎてもいないのに萎《しぼ》んで奇妙に潰れてしまったひともいて、巨大なカニやザリガニが水族館の砂の上を苦労して這っている姿が思い出されました。わたしは壁にもたれて、大学とはまこと稀少種の保存されし聖域なり――と思いました。ストランド[*13]の舗道に置いて生存競争をさせれば、じきに絶滅してしまうでしょう。昔の学寮長とか昔の教授の古いエピソードが心に浮かびました。何でも、口笛を聞くやいなや全力疾走を始める老教授がおいでだったとか。でもわたしが勇気を振り絞って口笛を吹く前に、尊敬すべき会衆の方々はみんな中にお入りになってしまいました。

チャペルの外側は元どおりになりました。ご存知のように、高い丸屋根や尖塔が立ち並ぶ様子は、まるで果てしない航海に乗り出した帆船のようで、夜になると明かりが何マイルも先、丘を越えたはるか遠くからもわかります。おそらくかつては、滑らかな芝生の生え揃ったこの中庭も、堂々とした建物も、このチャペルが建っているところもすべて沼地でした。草がそよぎ、野豚が鼻先で地面を掘り返していました。[*14] きっと何頭もの馬と雄牛が隊列を組まされ、石を積んだ荷馬車を遠くのあちこちの州から引いてきたのだろう――とわたしは思いました。わたしの前にそびえるこの建物の灰色の石材も、途方もない労力を費やして一つずつ積み上げられたのです。そして画工が窓にはめるガラスを持ってきました。石工が何世紀もあの屋根の上で、シャベルと鏝《こて》を手にパテとセメントを塗って忙しく働きました。毎週土曜日になると、だれかが革の財布から金銀を職人たちの皺の刻まれた手に注ぎ込みました。きっと夕方には職人たちはビールを飲み、九柱戯〔中世のゲームで、ボウリングの原型〕で遊んだことでしょう。

金銀は、この中庭に途切れることなく注ぎ込まれたに違いありません。おかげで石材は次々と運びこまれ、石工たちも仕事を続けました。地面を均《なら》しては溝を作り、掘り返しては水はけを良くしました。信仰の時代でしたから、地中深い土台に礎石を据えるべく、お金は気前よく注がれました。石材が積み上げられると、賛美歌が途切れることなく歌われるべく、学生たちに教育を授けるべく、今度は歴代の王や女王や大貴族の金庫から、さらにお金が注ぎ込まれました。大学に土地所有が認められ、十分の一税[*15]が納められました。

信仰の時代が終わり理性の時代になっても、金銀は相変わらず注ぎ込まれました。教員《フェロー》らの俸給《シップ》、そして講座の運営基金が寄付されました。金銀は国王の金庫からではなく、商人や製造業者の懐中から注がれるようになりました。産業で財を築いた彼らは遺言をしたため、かつては自分が技能を習い覚えた大学に惜しみなく寄付をして、教授が増えるように、講座が増えるように、教員《フェロー》が増えるようにと願ったのでした。だから図書館や実験室や観測所が設けられ、高価な精密機械がいくつもガラスケースに陳列されることになりました。数世紀前には草がそよぎ、野豚が地面を掘り返していたというのに、です。

たしかに、金銀で固めた基礎はずいぶん地中深くに据えられたようだ——と、わたしは中庭をぶらつきながら思いました。かつて雑草がはびこっていたところがちゃんと舗道になっています。頭にお盆を載せた使用人たちが階段を忙しげに昇り降りしています。窓辺の植木箱には派手な花が咲き乱れ、どこかの部屋では蓄音機が喧《やかま》しい音を立てています。どうにもこう考えたくなります——でも、その考えはそこで途切れてしまいました。時を告げる鐘が鳴ったのです。昼食会に向かわねばなりません。

奇妙なことですが、昼食会というものはどれも気の利いた発言とか賢明なふるまいによって忘れがたい思い出になると、小説家たちは常々わたしたちに思い込ませようとします。しかし、食事の中身についてはほとんど語りません。スープや鮭や鴨肉については触れないのが小説家の通例です。あたかもスープや鮭や鴨肉がまったく重要ではないかのように、だれも煙草をくゆらすこともなければ、ワイングラスを傾けることもないかのように。

しかし、ここでは通例を破らせていただき、このときの昼食は舌平目で始まったと言わせていただきましょう。舌平目は深皿の底に沈められ、大学の料理係はそこに純白のクリーム・ソースをかけていました。クリームにはあちこちに茶色の斑点がつけられ、雌鹿の脇腹を思わせました。そのあとはヤマウズラが来ましたが、みなさんがお皿にただの茶色の鳥肉が二、三切れ乗っているところを想像されるのでしたら、それは見当違いというものです。さまざまな形のヤマウズラが何切れもお皿に盛られ、ピリリとしたソースと甘い野菜をお供に従えていました。ジャガイモは硬貨のように薄く、しかし硬くはありません。芽キャベツは薔薇の蕾のような形状で、たっぷり汁気がありました。ヤマウズラと付け合わせをいただいたあとは、無言の給仕係が――さきほどの典礼係が変装して大人しくふるまっているのかもしれませんが――ナプキンをつけた一同の前にデザートを置きました。砂糖が振りかけられ、波間から忽然と姿を現したかのように盛りつけられています。それをプディングと呼び、ライスとタピオカでできているなどと言うとしたら、失礼に当たるでしょう。

そのあいだもワイングラスはあちこちで傾けられ、黄色に紅色にきらめきました。干されれば満たされました。そしてだんだんと、背骨を半分ほど降りたあたり、魂の居場所とされるあたりで、明るい光が灯ったのでした。とはいっても、あの硬くて小さな電気のような、唇から簡単に出たり入ったりするような白々しい光ではありません。もっと深遠で仄かで目につきにくい輝き、理性溢れる語らいにつきものの琥珀色の灯火で照らされたのです。急ぐことはない。才気走ることもない。他人になろうなどとはせず、ただ自分のままでいればいい。みんなが天国に行くのだし、ヴァン・ダイクもいっしょだ。[*16] つまり、美味しい煙草に火をつけて窓辺のクッションに身を沈めていると、人生とは何と素晴らしいのだろう、人生の報酬とは何と甘美なのだろう、この愚痴もあの不平もどうでもいい、友情とは、同好の士の集まりとは、何と素敵なのだろう――と思えてきたのでした。

もしも手元に灰皿があったとしたら、他に方法がなくて窓の外に煙草の灰を落としたりしなかったら、事態が少しでも違っていたら、おそらく尻尾のない猫を見たりはしなかったでしょう。尻尾のない無愛想な猫が静かに中庭を横切っていくのを見たために、潜在意識が気まぐれに作用して、わたしの気持ちは翳りました。まるでだれかが日よけを降ろしたみたいでした。あの素敵な白ワインの酔いが醒めてきたのかもしれません。一匹のマンクス猫*[17]が、あたかも全世界に疑問を呈しているような風情で芝生の真ん中にたたずんでいるのを見ていると、たしかに何かが足りない、何かが違うという気がしてきました。わたしは会話に耳を傾けながら自問しました。でも、何が足りない、何が違うというのだろう？

その疑問に答えるためには、自分がこの部屋を出て、過去へ、戦前へと遡って、この部屋とそれほど変わらない部屋で催されていた別の昼食会を目の前に思い描いてみなくてはなりませんでした。部屋はそれほど変わらないのに、違っています。何もかもが違っています。そのあいだも目下の参会者たちの会話は続いていました。大勢の若いひとで、男性も女性もいました。会話は流れるように淀みなく、気ままに楽しげに続いていました。会話が続く中、わたしはそれを昔の会話に重ねてみました。二つを重ねてみると、たしかに一方はもう一方の子孫、嫡子とわかります。何も変わっていません。何も違わず、ただ――ここでわたしは、会話の内容だけではなく背後の囁き、ないし流れにも耳を澄ませました。ああ、これです。変化がそこにありました。

戦前も、同じような昼食会で人びとはまったく同じことを言ったかもしれませんが、たぶん響きが違っていました。その頃は会話といっしょにハミングのような音がしていました。はっきりしない音ですが、音楽のように気持ちを高め、語られている言葉の価値じたいを変えるものでした。ハミングを言葉にできるでしょうか？　詩人に助けてもらえば、たぶんできるかもしれません。傍らにあった本の頁をめくると、テニスン[*18]が出てきました。テニスンはこう唱っていました。

大粒の涙が
　門の脇の時計草から転がり落ちた。
あのひとがやってくる、いとしいひと、最愛のひと、
　あのひとがやってくる、大切なひと、運命のひと、
赤い薔薇が声を上げる、「もうすぐだよ、もうすぐだよ」

するとと白い薔薇が涙声で、「あのひとは遅いなあ」
飛燕草が耳を澄ませて、「聞こえる、聞こえる」
そして百合が囁く、「わたしは待ちます」

〔アルフレッド・テニスン『モード』〕

戦前の昼食会で男性が口ずさんでいたのは、こういうものだったのでしょうか？　女性はどうでしょうか？

わたしの心は歌う鳥みたい、
瑞々しい若枝に巣をかけたの。
わたしの心は林檎の木みたい、
枝にたわわな実をつけて撓《しな》っている。
わたしの心は虹色の貝みたい、
穏やかな海に漕ぎ出すの。
わたしの心はそのどれにもまして歓びでいっぱい、
だって愛するひとがもうすぐ会いに来てくれるから。

〔クリスティナ・ロセッティ[19]「誕生日」〕

戦前の昼食会で女性が口ずさんでいたのは、こういうものだったのでしょうか？

戦前の昼食会で、たとえこっそりとであっても、みんなこんなことを口ずさんでいたのだろうかと考えると、わたしは可笑しくなって噴き出してしまいました。そして噴き出した理由を説明しなくてはいけなくなって、マンクス猫を指差しました。かわいそうに、尻尾もないのに芝生の真ん中に佇んでいる様子は、たしかにちょっと滑稽でした。生まれつきなんでしょうか、事故に遭って尻尾をなくしたんでしょうか？　尾なし猫なんて、マン島にいくらか生息していると言われていますが、それほどどこにでもいるものではありませんよね。美しいというよりは奇妙で風変わりな生き物ですね、尻尾一つでこんなに違ってしまうなんて可笑しいですね――と、昼食会がお開きになってコートや帽子を探しながら、ひとがどんなことを言うかはおわかりでしょう、わたしはそんな言葉を口にしていました。

主催者が手厚くもてなしてくれたおかげで、この昼食会は午後も遅くなってからの散会となりました。美しい十月の一日は暮れかけ、小道を歩いていくと木の葉が舞い落ちてきました。背後では、門が次々と、静かにしかしピタリと閉ざされていくようでした。無数の典礼係が、よく油を差した錠前に無数の鍵を差し込んでいます。宝物館はまた一晩、ご安泰でしょう。小道を抜けると道路に出ました。道路の名前は忘れてしまいましたが、曲がるところを間違えなければファーナムに出られます。でもまだ時間はたっぷりあります。夕食は七時半にならないと始まりません。ああした昼食会のあとでは、夕食抜きでもいけそうです。詩の断片が不思議なくらい心に残って、それに合わせて足が勝手に道路を歩いていきます。

大粒の涙が
門の脇の時計草から転がり落ちた。
あのひとがやってくる、いとしいひと、最愛のひと……

これらの詩句が、ヘディングリー[*20]に足早に向かおうとしていたわたしの血の中で唄っていました。そして道を曲がったところ、川の水が堰き止められて湧き立っているあたりで、わたしは口ずさみました。

わたしの心は歌う鳥みたい、

瑞々しい若枝に巣をかけたの。
わたしの心は林檎の木みたい……

何て詩人らしいんだろうと、黄昏時によくするみたいに、わたしは大声で独りごとを言いました。二人とも、何て詩人らしいんだろう！

たぶん嫉妬していたんだと思います。こんな比較は馬鹿みたいで滑稽かもしれませんが、テニスンとクリスティナ・ロセッティと同じくらい偉大な詩人を、いま生きている詩人から二人挙げられるだろうかと、わたしは考えました。泡立つ水に見入りながら、比較はできそうもないと思いました。ああいう詩がこれほど我を忘れさせ、うっとりさせるのは、ひとがすでに（たぶん戦前の昼食会などで）経験していた感情について唄っているからです。だからこそ、気安く親しげに反応できます。感情を抑える必要もなければ、現在の感情と引き比べる必要もありません。

しかし、現代詩人はいま現実に生成されつつある感情、わたしたちから引き裂かれるようにして生まれ出る感情について表現しています。[*21] そもそもそれが感情だと識別できなかったりもしますし、何らかの理由でその感情を恐れていたりもします。神経を尖らせてその感情を見据え、用心深く疑り深く、昔ながらのなじみの感情と引き比べてみたりします。だから現代詩は難解で、この難解さのせいで、どんな優れた現代詩人の作品であっても、二行と記憶できません。そのため――でも思い出せません。現代詩の具体例が思い浮かばないため、議論はここで行き詰まってしまいました。

ヘディングリーに向けてまた歩き出しながら、わたしは改めて問いました。それにしても昼食会でこっそりハミングするのを、どうしてわたしたちは止めてしまったのだろう？　どうして男性諸氏《アルフレッド》は、

あのひとがやってくる、いとしいひと、最愛のひと、

と唱わなくなってしまったのだろう？　なぜ女性諸姉《クリスティナ》はこう返さなくなったのだろう？

わたしの心はそのどれにもまして歓びでいっぱい、
だって愛するひとがもうすぐ会いに来てくれるから。

戦争〔第一次世界大戦（一九一四～一八）〕がいけなかったのでしょうか？　一九一四年八月、発砲が始まったとき、男女の顔はおたがいの目にあまりに醜く見えたので、恋愛も殺されてしまったのでしょうか？　たしかに砲弾のもとで統治者たちの顔を見るのは（とくに教育その他に幻想を抱いていた女性にとっては）衝撃でした。ドイツ、イギリス、フランス、そのいずれの統治者たちもきわめて醜悪に、きわめて愚劣に見えました。[*22]

ともあれ、何が悪いとしても、だれが悪いとしても、テニスンとクリスティナ・ロセッティをして恋人の来訪についてあれほど情熱的に唱わせた幻想は、当時に比べるとめったにお目にかかれないものになってしまいました。本を読んだり周囲を観察したり、耳を澄ませたり思い返したりすれば、すぐにそれはわかります。でもどうして「悪い」なんて言うのでしょう？　もしもそれが幻想であるなら、幻想を破壊してその代わりに真実を提示してくれるような事件は、何であれ称賛すべきではないでしょうか。というのも真実は……。

この「……」は、わたしが真実を追いかけるあまり、ファーナムへの曲がり角を見過ごしてしまった地点を表しています。そう、本当にどれが真実でどれが幻想なんだろうと、わたしは自問していました。たとえばこの家々についての真実とは何だろうか？　いまは暗がりにぼんやり浮かび、窓辺の赤い輝きが華やいだ雰囲気を醸し出している。でも朝の九時には赤い色もどぎつく見え、お菓子やら靴紐やらでごった返しているのもわかる。それに柳と川と、川沿いの芝地はどうだろう？　いまは一面、靄がかかってくすんでいるけれど、陽光のもとでは金に赤に照り輝く。どちらが真実で、どちらが幻想なんだろう？　わたしの物思いの錯綜した部分は省略いたしましょう。ヘディングリーへの道中、結論は出ませんでした。わたしはじきに曲がり角を見逃していたことに気づき、引き返してファーナムへの道をたどり直しました。

わたしはすでに十月のとある日のことでしたと申し上げていますから、季節を勝手に変更して、ライラックが庭の塀の上で揺れておりました、クロッカスやチューリップなどの他の春の花々も咲いておりましたと申し上げて、みなさんのせっかくの尊敬を失い、物語《フィクション》の美名を損なうような真似は控えるべきでしょう。物語は事実に準じていなくてはいけません。事実が真に迫っていればいるほど、物語の質も上がるものです——そうわたしたちは教わっています。ですので、依然として季節は秋、木の葉は黄色に色づいて舞い落ちていました、と続けましょう。舞い落ちる速度は、どちらかというとさきほどより速め、なぜなら時刻《とき》は夕刻（正確には七時二十三分）、そよ風が（正確には南西風が）出ていました。

でもそうだとしても、何か奇妙なことが始まっていました。

わたしの心は歌う鳥みたい、
　瑞々しい若枝に巣をかけたの。
わたしの心は林檎の木みたい、
　枝にたわわな実をつけて撓《しな》っている。

たぶんクリスティナ・ロセッティの詩句のせいでしょう、空想が愚かな真似をして[*23]――もちろんただの空想です――ライラックの花が、庭の塀の上で揺れておりました。山黄蝶《やまきちょう》がひらひら飛び、花粉は宙に浮かんでいます。どこからか風が吹いてきて若葉をめくるので、銀色がかった灰色の葉裏が空中でキラキラ光ります。ちょうど色彩が濃くなり、窓ガラスが紫色に金色に染まり、興奮しやすい心臓のように脈打つひとときに差しかかっていました。こんなとき、この世の美はどういうわけか姿を現しますが、すぐにはかなく消えてしまいます（ここでわたしは庭に入りました。軽率にも門扉は開け放してあり、典礼係も不在でした）。この世の美、あまりにはかなく消えゆくその美は両刃の剣のようです。片側は笑いを、もう片側は苦悩をしのばせ、心を千々に切り裂きます。

わたしの目の前には、春の薄明のもと、ファーナムの庭園が広がっていました。自然のままの開放的なその庭園には長い草が生え、合間でラッパスイセンとブルーベルが無造作に咲き乱れていました。たぶんいちばんの盛りのときも整然としてはいないでしょう。いまも風に吹きつけられ、根元ごと風にそよいでいました。建物の窓は、赤レンガの壁が大波のようにうねる中、船窓のような丸窓に形を変え、春の雲の勢いに従いレモン色から銀色になりました。

だれかがハンモックで寝転んでいます。別のだれかは――この薄暗がりでは、実際に見えているのかどうかも判然としない幻のようでしたが――芝生を突っ切って走っていきます。だれもあの女《ひと》を遮らないのでしょうか？ そしてテラスには、新鮮な空気を吸うあいだ庭を眺めていましょうというように、身をかがめたひとが出てきました。秀でた額に慎ましいドレスをまとって、畏れ多くも慎ましいその姿は、あの名高い学者、J・Hそのひと[24]でしょうか？ すべてはおぼろげでしたが、張りつめた気配も漂っていました。夕暮れが庭一面に投げかけたスカーフが、星か剣かで切り裂かれたかのようでした。何か恐るべき真実が、いつものように春の中核《ハート》からひらりと躍り出てくるように見えました。というのも青春とは――。

わたしのスープが来ました。夕食は大食堂で供されます。実際は春ではなく、十月の夕方でした。みんなが大食堂に集合していました。夕食が始まりました。スープを召し上がれ。肉汁で作った、透き通ったスープでした。空想を掻き立てるものは何もありません。透明なスープの底にお皿の模様も見えそうでしたが、模様はなく、無地のお皿でした。次に牛肉と青野菜とジャガイモの付け合わせが来ました。その質素な三位一体は、泥でぬかるんだ市場にたたずむ牛の尻とか、縮れて端が黄色くなった芽キャベツとか、値引き交渉とか、月曜の朝に女たちが手提げを片手に歩いている光景を連想させました。量はたっぷりあり、炭坑夫はきっとこれよりわずかな食事にしかありつけないことを思えば、食事に文句を言う筋合いはありません。

プルーンとカスタードが続きました。プルーンはカスタードで柔らかくしようとしてなお無慈悲な野菜(果物ではありません)[*25]だとか、守銭奴の心根のように筋張っているとか、八十年間ワインと暖房を倹約してなお貧者に分け与えようとしない、そんな守銭奴の血管を流れる血液のように汁気がない——などと不満をこぼすとしたら、プルーンをも喜んでいただく寛容なひともいると思いいたさねばなりません。次にビスケットとチーズが来て、水差しが何度も回されました。ビスケットというのはパサついているものであり、それは芯までビスケットそのものでした。

それが全部でした。食事は終わりました。みんなが音を立てて椅子を後ろに引きました。スイングドアが前後に激しく揺れました。まもなく大食堂の食べ物はすっかり片づけられ、翌日の朝食用とおぼしき支度が整いました。廊下そして階段と、イングランドのうら若き女子学生たちは歌いながら闊歩していきました。

ただの客人、よそ者が（というのも、わたしはここファーナムで、トリニティ、サマーヴィル、ガートン、ニューナム、クライストチャーチなど[*26]の他のカレッジに滞在する場合と同様に、何の権利もなかったので）、「夕食はいま一つだったね」とか、「二人きりでここで食べるわけにはいかなかったかしら」（メアリー・シートン[*27]とわたしは、彼女の居室にいました）などと言えるでしょうか。もしそんなことを言おうものなら、秘密にしておきたい一家の家計をあれこれ詮索して、せっかくの楽しげな装いで果敢に保とうとしていた体面を傷つけてしまうでしょう。いいえ、何一つ口に出すわけにはまいりません。すると、会話は少しばかり淀んでしまいました。実際、人間の心と体と脳は、何百年かたったらきっと違っているにしても、別々の場所に収められているわけではなく全部つながっています。したがって、良い食事は良い会話にとってきわめて重要なのです。

美味しく食べていなければ、うまく考えることも、うまく愛することも、うまく眠ることもできません。牛肉とプルーンでは、背骨の明かりは灯りません。[*28] 一日の労働のあとで牛肉とプルーンを前にした心境とは、もしかするとみんな天国に行けるかもしれない、できることならヴァン・ダイクも次の曲がり角で待っていてくれるといい、というような、あやふやで限定つきの心境です。幸い、科学を教えているわたしの友人は、戸棚に小さなボトルを一本とグラスを何個か持っていたので、暖炉に当たりつつ、その日の生活の被った損害をいくらか修復できました（本来なら舌平目とヤマウズラで始めたかったとしても、ですが）。一分もすると、相手がいなかったときに面白い、興味深いと心に留めておいた物事、再会したとき話題にしようと思っていた物事について、気兼ねなく語り合っていました。だれは結婚した、だれはしていない、だれはこう考え、だれはああ考えている、だれは思いがけないくらい良くなった、だれは驚くほど堕落した——そしてこれらの話題から自然と導かれるような、人間の性質およびわたしたちのこの驚くべき世界の性質について、あらゆる考察を巡らせたのでした。

ところがそんなことを語り合いながらも、勝手に湧き出して何もかも呑み込んでしまう流れのことを、わたしは性懲りなく意識していました。スペインとかポルトガルとか本とか競馬について話していても、本当の関心はそれらのことにはなく、あくまで五世紀前に石工らが高い屋根の上に登っていた、その光景にありました。国王たちも貴族たちも、大きな袋に宝を詰めて運んできては、泥中に撒いたのでした。その光景が繰り返しわたしの心に蘇っては、もう一つの光景——痩せた牛とぬかるんだ市場としおれた野菜と年老いた男たちのしみったれな心根——を喚起します。これら二つの光景は、ちぐはぐでバラバラで意味をなさないようでしたが、繰り返し戻ってきてはせめぎ合い、わたしをすっかり翻弄するのでした。最善の方策とは、会話がすっかり支離滅裂になってしまう前に、思っていることを曝け出して空気に当てることでしょう。運が良ければすぐに風化して、昔の国王の頭がウィンザー城で棺を開けたらそうなったように、ボロボロ崩れ落ちて一件落着、と相成るかもしれません。

そこで、わたしはミス・シートンに打ち明けました。チャペルの屋根に何年も登っていた石工たちのこと。王やら女王やら貴族やら、金銀の袋を肩にかついでやってきては中身を泥中に流し込んだこと。現代の立派な財界人も訪れ、他の人びとが金塊を置いたその上に、たぶん小切手やら債券やらを載せているということ。そういうものが向こうのカレッジの地下には眠っているのよ、とわたしは言いました。でもわたしたちがいま座っているこのカレッジの地下には、勇ましい赤レンガの建物と荒れ放題のお庭の地下には、何が眠っているのでしょうね？　夕食には無地の磁器や、牛肉やカスタードやプルーン（口から勝手に言葉が飛び出してしまいました）が出てきたけれど、その背後にはいったいどんな力が作用しているのでしょうか？

それはね――とメアリー・シートンは言いました。一八六〇年頃に――でもこの話は聞いたことがあるでしょう――と、もう飽き飽きというようにそう言ったあと、話してくれました。部屋をいくつか借りたの。委員会を立ち上げた。封書に宛名を書いた。回覧状を作った。集会を開いた。手紙を読み上げた。だれそれはこのくらいお金を出すと約束してくれた。でも〇〇氏は一ペニーも出すものか、とのこと。『サタデー・レヴュー』誌[*29]は無礼千万。事務所の維持費はどうやって集めましょうか？　バザーでも開いたらどうでしょう？　だれか可愛い女の子に、前列に座ってもらえないでしょうか？　ジョン・スチュアート・ミル[*30]がこの件についてどう発言しているか調べてみましょう。だれか〇〇紙の編集部に、手紙を掲載してもらえないか頼んでください。〇〇令夫人に署名してもらえないでしょうか？　〇〇令夫人はロンドンにはいらっしゃいません。

六十年前、たぶんそんなふうに始まったのでした。並外れた労力と時間を要しました。長い闘争と果てしない困難のあとようやく、三万ポンドを集めました。[☆1]だから当然、ワインやヤマウズラは出せないし、頭にブリキのお皿を載せた召使いもいないというわけなのよ、と彼女は言いました。ソファもないし、一部屋ずつしかないのもそういうわけなの。「快適な設備は後回しにする以外なかった」と、彼女は何かの本から引用して言いました。[☆2]
女性がみんなで毎年活動を重ねて、二千ポンド掻き集めるのも大変で、最大限に努力しても三万ポンドしか集められなかったと思うと、女性ときたら何て嘆かわしいほど貧乏なのだろう――と、わたしたちは呆れて笑い出してしまいました。わたしたちに財産も遺せないな

☆1 「少なくとも三万ポンドは集めないといけないとのことだった。……イギリス、アイルランド、植民地のすべてを合わせても、この種のカレッジが一つしかないことを考えれば、それほど大きな金額ではなかった。男子学生のためであれば、巨額の募金を容易に集めることができた。しかし、女子教育を心から望む人がごくわずかだったことを考えると、大変なことだった」――バーバラ・スティーヴン『エミリー・デイヴィスとガートン・カレッジ』(一九二七)一五〇～五一頁。

☆2 「掻き集めたお金は一ペニーにいたるまでカレッジ建設のために取っておかねばならなかった。快適な設備は後回しにする以外なかった」――レイ・ストレイチー『大義』(一九二八)二五〇頁〔邦訳に『イギリス女性運動史――一七九二―一九二八』出淵敬子ほか監訳、みすず書房、二〇〇八〕。

んて、母親たちは何をしていたのでしょうか？　鼻におしろいでも塗っていたのかしら？　お店の窓を覗き込んでいたのかしら？　モンテカルロ〔モナコの高級リゾート地〕で太陽を浴びながら、散歩でもしていたのでしょうか？　暖炉には写真が数枚、飾ってありました。メアリーのお母さんは――もしもあの写真の女性がお母さんであればの話ですが――暇を見つけてはお金をさんざん浪費したのかもしれません（教会の牧師と結婚して十三人の子を産んだひとでしたが）。

しかし、そんな陽気な浪費生活を送っていたとしても、彼女の顔に快楽の痕跡はほとんど残っていませんでした。メアリーのお母さんはずんぐりしていました。お年を召したご婦人で、格子模様のショールを肩から掛けて大きなカメオのブローチで留めていました。籐椅子に座って、スパニエルにカメラのほうを向かせようとしています。シャッターのバルブが押されるその瞬間、きっとスパニエルが身動きしてしまうと予想しているような、面白がっていながら緊張した面持ちです。

もし彼女が事業を始めていたらどうだったでしょうか？　レーヨン製造業者になっていたり、株式市場で大物になっていたりしたらどうだったのでしょう？　もし彼女がファーナムに二、三十万ポンド遺していたら、今晩、わたしたちはのんびりくつろぎながら、考古学、植物学、人類学、物理学、原子の性質、数学、天文学、相対性理論、地理学までをも話題にしていたかもしれません。シートン夫人とその母親とそのまた母親が、父親や祖父たちと同様に金もうけの極意を学んで資産を遺してくれていたら、女性のための教員職《フェローシップ》や講座や賞や奨学金制度が創設され、わたしたちはここで二人きりで鳥肉を食べワインを開けて、そこそこの夕食をいただいていたことでしょう。専門職に就き潤沢な寄付金に守られ、これから栄誉ある快適な生涯が送れるだろうと、自信過剰でなくそう見越していられたでしょう。あちこち探検していたかもしれませんし、執筆活動に励んでいたかもしれません。世界中の名所旧跡を訪ねて、物思いに耽っていたかもしれません。パルテノン神殿[*31]の石段に座って瞑想するか、あるいは十時に出勤して四時半には楽々と帰宅して、ささやかな詩を書いていたかもしれません。

ただ、シートン夫人のような女性たちが十五歳で事業を始めていたとすると——議論はここで行き詰まるのですが——メアリーはそもそも生まれていません。メアリー、どう思う？とわたしは訊きました。カーテンの隙間から十月の夜が覗いていました。穏やかで素敵な夜で、黄色の葉をつけた木々に星が一つか二つ、架かっていました。あなたは生まれてきたおかげでこの風景を見ていられる。でも、ペンでさっと走り書きしただけでファーナムに五万ポンド寄贈してもらえるとしたら、生まれてこなくても平気だったかしら？　空気が綺麗でお菓子が美味しいのよといつも自慢しているスコットランドのこと、その地で遊んだり喧嘩したりした思い出のことを（メアリーの家族は、大家族であれ幸福でした）、すっぱり諦められるかしら？

一つのカレッジに寄付をするためには、家族を一つ分、まるまる諦めないといけません。財をなしつつ十三人産むなんて、人間にはできない相談です。事実を確認しましょう――と、わたしたちは言いました。赤ん坊の誕生まで九ヶ月。それから赤ん坊が誕生。三、四ヶ月は授乳がある。授乳が終わってもきっと五年は子どもと遊んでいないといけない。子どもを道端でただ走り回らせておくわけにはたぶんいきません。ロシアで子どもが無闇に走り回っているのを見たひとたちは、楽しい光景ではなかったと言います。[*32] それに、人間の性格は一歳から五歳のあいだに決まるとも言います。もしシートン夫人が金もうけをしていたら、遊びと喧嘩の思い出はどうなるのでしょうか？　空気が綺麗でお菓子が美味しいスコットランドの記憶はどうなるのでしょうか？　でもそんなことを言っても仕方がないかもしれません、そもそもメアリーは生まれてこないのですから。

それに、シートン夫人とその母親、そのまた母親が莫大な富を築いてカレッジや図書館の礎にしたらどうだったか、などと考えても仕方ない理由は他にもあります。第一に、収入を得ることが彼女たちにはそもそも不可能でした。第二に、たとえ収入が得られたとしても、既婚女性がお金を所有することは法律で禁止されていました。シートン夫人がわずかであれ自分のお金を持てるようになったのは、ここ四十八年間[*33]のことにすぎません。それ以前の何世紀ものあいだ、それは夫の財産に加算されることになっていました。たぶん、シートン夫人もその母たちも証券取引所に関与しなかったのはそのせいです。お金を稼いだところで、すべては取り上げられて夫の意向で処理される。たぶんベイリオルとかキングズ[*34]のようなカレッジで、学生数や教員数を増やすのに使われてしまう。だからお金を稼ぐなんて、たとえ能力があったとしても気の向くことではない。夫に任せておいたほうがいい。

ともかく、スパニエルを見ていた老婦人に責任があったかどうかは別としても、母たちがさまざまな理由からきわめて深刻な失策をやらかしたことは間違いありません。「快適な設備」には――ヤマウズラとワイン、典礼係と芝生、本と煙草、図書館と余暇には――一ペニーのお金たりとも使えませんでした。せいぜいできたのは、ただの地面にただの建物を造ること、それだけでした。

そうやって話しながら、わたしたちは窓辺に立って眺めていました――眼下に広がる名高いこの都市の丸屋根や塔を、毎晩何千もの人びとが眺めているのと同じように。秋の月明かりのもと、それはとても美しく、とても神秘的な眺めでした。古い石材はじつに白く、神々しく感じられます。あちらで収集されていた、ありとあらゆる書物のことを思いました。羽目板を張り巡らせた部屋には、昔の主教などのお偉方の肖像画が何枚も掛かっていました。窓のステンドグラスから、球型や三日月型の不思議な影が舗道に落ちていました。銘板や記念碑があり、碑文が刻まれていました。噴水と芝生がありました。静かな中庭が見渡せる静かな部屋が並んでいました。それから（こんなことを思ってすみませんが）、美味しい煙草やお酒や、ゆったりした肘掛け椅子とか気持ちのいい絨毯のことも思い出さずにはいられませんでした。贅を凝らし、プライヴァシーとスペースをふんだんに確保したそのおかげで、洗練と温和さと威厳が備わっていました。こういうものと比肩できる何物をも、母たちはわたしたちに遺してくれませんでした。母たちは三万ポンド掻き集めるのにも苦労し、セント・アンドリューズ〔スコットランド東部の町〕で牧師の子を十三人産んだのでした。

それからわたしは宿に帰りました。暗い夜道を歩きながら、わたしは一日の仕事のあとでひとがよくそうするように、あれやこれやと考えました。シートン夫人はどうしてお金を遺してくれなかったのだろうか？　貧困は心にどう作用するのだろうか？　財産は心にどう作用するのだろうか？　そしてわたしは、肩から毛皮を垂らした奇妙な老紳士たちのことも思い出しました。口笛を聞くやいなや走り出す方もいらっしゃるのでした。チャペルで鳴り響いていたパイプオルガンのこと。図書館の閉ざされたドアのこと。閉め出されるのは不快ですが、閉じ込められるのはもっと酷《ひど》いことかもしれません。そのあと男性の安泰と繁栄、女性の貧困と不安定について考え、伝統のあるなしが作家の心にどう作用するのだろうかと考え、そろそろ一日の皺くちゃになった皮を脱ぎ捨て[*35]、議論も印象も怒りも笑いもすべてまとめて、垣根に放り投げてしまおうと思いました。

紺碧《こんぺき》の空一面に千の星がきらめいていました。神秘の世界にひとりで向き合っているような心持ちでした。人間はすべて眠っていました――うつ伏して体を伸ばして、黙りこくって。オックスブリッジの街路はひっそり静まり返っているようでした。ホテルのドアは、見えざる手が触れたかのように、ひとりでに開きました。明かりを灯してわたしを部屋まで案内してくれそうな雑用係も、起きてはいませんでした。それほどまでに夜は更けていたのでした。

第二章

わたしについてきてくださいとお願いしてもよいなら、ここで場面転換です。木の葉はまだ舞い落ちていますが、場面はオックスブリッジではなくロンドンです。みなさんには一つの部屋を想像していただかねばなりません。その部屋の窓からは、行き交う人びとの帽子やトラックや車を見下ろすことができます。他の幾千もの窓から見えるのと同じ光景です。向かい側の建物にも同じような窓があります。室内の机にはまっさらな紙が置いてあり、その上には大きな文字で〈女性と小説《フィクション》〉とだけ、記されています。

オックスブリッジでの昼食と夕食の結果、わたしは大英博物館に行かねばならなくなりました。印象から個人的なものや偶然得たものは除去して、純粋な液体、つまり真理の精油を取り出さねばなりません。オックスブリッジを訪問して昼食と夕食をご馳走になったせいで、無数の疑問が生じてしまいました。なぜ男たちの飲み物はワインで、女たちは水なのか？　なぜ男性はあれほど裕福なのに、女性はあれほど貧乏なのか？　貧困は文学《フィクション》にどう作用するのか？　芸術作品の創造に必要な条件とは何か？　わずかなあいだにたくさんの疑問が生まれたのです。

しかし、いま必要なのは疑問ではなく答えです。そして答えを得るためには偏見のない識者に当たらねばなりません。識者であれば口喧嘩とか身体のトラブルなどは超越して、推論と調査の結果を本に著しているはずで、大英博物館に行けばそうした本が読めるはずです。[*1] もし真理が大英博物館の本棚に存在しないのであれば、真理など何処《いずこ》にあろうか――と、わたしはノートと鉛筆を用意しながら思いました。

かくして準備万端、自信と探究心に溢れて、わたしは真理追求へと向かいました。雨こそ降っていませんでしたが、曇天の日でした。博物館界隈の道端では、どこもかしこも石炭投入口[*2]の蓋が開けられ、袋から石炭が降り注がれています。四輪馬車が停まって、紐を掛けた箱を何箱も歩道に降ろしています。スイス人かイタリア人の一家が幸運をつかもうとしてか難を逃れようとしてか、全財産を運んできたのかもしれません。あるいはブルームズベリー[*3]の下宿屋でこれからの冬に欠かせない、日用品が入っているのかもしれません。男たちが手押し車に苗木を積んで、いつもの嗄《しわが》れ声で売り歩いています。口上を大声で叫んでいるひとも歌っているひともいます。ロンドンは工場のようです。機械のようです。この飾り気のない基盤の上で、わたしたちは前に後ろにと動かされ、何かのパターンを形成しているのです。

大英博物館は、工場のまた別の部門と言えるでしょう。スイングドアが揺れて開くと、わたしは大きな丸天井の下に立っていました。有名人の名前が見事にぐるりと刻まれ、その下にたたずむと、自分がまるで禿げ上がった大きな額の中の一片の思惟になったみたいです。カウンターに行き、用紙を一枚取って、カタログを開けると……。この「……」は、たっぷり五分間、驚きのあまり呆然自失した間を表しています。一年に何冊くらい女性についての本が書かれているか、みなさんはご存知でしょうか？　そのうち何冊が男性によって書かれているか、お考えはありますか？　自分たちが世界でおそらくいちばん議論の的となっている動物だと、みなさんはお気づきでしょうか？

わたしはノートと鉛筆を手に、午前中を調べものに充てるつもりでいました。午前が終わるころには真理をノートに引き写せるだろうと予想していたのです。ところが、このすべてに目を通すためには、わたしは一群の象にならないといけない、一群の蜘蛛にならないといけないと、いちばんの長寿と言われる動物といちばん眼の数が多いと言われる動物の名前を懸命に探しながら、わたしは思いました。鋼鉄の鉤爪と真鍮のくちばしも必要だ。そうじゃないと外皮すら突き破れない。この大量の紙束から真理の粒を拾い出すなんて、どうやったらできるんだろうか？　わたしは自問しつつ絶望的な気分に駆られ、書名の長いリストに目を走らせました。

書名だけでも考えさせられるものがありました。性別とその特性が、医者や生物学者の関心を引くのはわかります。しかし、わたしが驚き、そして理解しがたいと思ったのは、〈性別〉に関心のあるひと、つまり女性に関心のあるひとの中には、愛想の良い随筆家、器用な小説家、文学修士の若い男性だけでなく、何の学位もない男性、女性ではないということ以外およそ何も資格を持たない男性もいることでした。見るからに軽薄でどうでもよさそうな本もありましたが、多くは真面目に書かれ、将来の予言や教訓や勧告に溢れていました。書名を読むだけで、数えきれないくらいの学校教師と数えきれないくらいの牧師が教壇ないし説教壇に登って、予定時間をはるかに超過しつつ、女性という演題に熱弁を振るっている光景が思い浮かびます。これはひどく奇妙な現象です。しかも、どうやらこの現象は――ここでわたしは頭文字Mの項目を開いてみました――男性《male sex》だけに限られるようです。女性は男性についての本を書いてはいません。わたしはほっとしました。まず男性が女性について書いたことすべてに目を通し、それから女性が男性について書いたことすべてに目を通していたら、百年に一度しか咲かないというアロエの花〔竜舌蘭〕が二回咲くころまで、原稿に取りかかれそうにないと思ったのです。そういうわけで、一ダースばかりの本をまったく適当に選んだわたしは、金網のトレイに用紙を提出して、真理の精油を追い求めている他のひとたち同様、自分の席で待機することにしました。

この奇妙な不均衡にはどんな理由があるのだろうと考えながら、わたしは余った用紙に荷車の車輪を落書きしました——イギリスの納税者たちがお金を出しているのは、落書きのためではないのですが。カタログから判断するに、女たちは男性のことをあまり興味深いと思っていないのに、男たちは女性をきわめて興味深いと思っているようです。どうしてでしょうか? それは奇妙きわまりない事実と思われ、わたしは女性についての本を執筆している男性の生活を想像してみました。老人も若者も、既婚者も未婚者も、赤鼻のひとも背中に瘤のあるひともいます。心身虚弱なひともいるとしても、大方は健康なひとたちで、そんな方々にこんなに注目してもらえるなんて何だかくすぐったいなあ——と、わたしはぼんやり考えていました。しかしそんな浅薄な考えは、目の前の机にドサッと本が置かれたため、断ち切られてしまいました。

さあ、困ったことになりました。オックスブリッジで調査の訓練を受けた学生さんなら、羊を囲いに入れるように、余分なものは捨象しながら疑問の答えを導き出す方法を心得ているることでしょう。たとえばわたしの隣席の学生は、科学の参考書から何か熱心に引き写しては、十分に一度くらい、純度百パーセントの貴重な鉱石をまるごと取り出しているようです。満足げな小さな唸り声からそうとわかります。でも残念なことに、大学で訓練を積んでいないわたしの場合、疑問は囲いに入るどころか舞い散ってしまいます。猟犬の群れに追われて恐怖のあまり舞い上がり、狼狽してあちこち逃げ惑います。大学教授、学校教師、社会学者、牧師、小説家、随筆家、ジャーナリスト、女性でないということ以外に何の資格もない男性諸氏、その全員がわたしのたった一つの素朴な疑問——なぜ女たちは貧しいのか?——を追い回した挙句、一つの疑問は五十の疑問となり、五十の疑問は奔流の真ん中にまっしぐらに飛び込んで、押し流されてしまいました。

わたしのノートのすべての頁に、メモが書き散らされました。わたしがどんな精神状態に陥っていたかわかっていただくために、メモをいくつか読んでみましょう。頁の頭にはシンプルに大文字で〈女性と貧困〉と記してあります。でもそのあとはこんなふうでした。

中世における状況、
フィジー島の慣習、
女神として崇拝される、
道徳心が男性より弱い、
理想主義的、
良心で男性に勝る、
南太平洋諸島の人びと、その思春期、
魅力的である、
生贄として捧げられる、
脳が小さい、
潜在意識は男性より大きい、
体毛は男性より少ない、
精神的・道徳的・身体的に男性に劣る、
子ども好き、
男性より寿命が長い、

男性より筋力が弱い、
愛情が強い、
虚栄心、
高等教育、
シェイクスピアの女性観、
バーケンヘッド卿の女性観、
イング首席司祭の女性観、
ラ・ブリュイエールの女性観、
ジョンソン博士の女性観、
オスカー・ブラウニング氏の女性観[*4]……

ここでわたしは一息ついて、ノートの余白に〈なぜサミュエル・バトラー[*5]は「賢人は女性観を語らず」と言ったのだろう?〉と書き込みました。賢い男性《ワイズ・メン》はそればかり語っているように思えたのです。だとしても――と、わたしは椅子にもたれ、大きな丸天井を見上げながら続けました。わたしは相変わらず一片の思惟でしたが、いまとなってはいささか悩める思惟となっていました。とにもかくにも惜しまれるのは、賢い男性方が女性について統一見解を持っていないことです。ポウプ[*6]はこう言っています。

ほとんどの女には性格というものがない。

ところがラ・ブリュイエールは、

女は両極端である。男より良いか悪いかのどちらかだ。[*7]

二人とも同時代を生きた鋭敏な観察者ですが、この二人にして正反対です。女性にものを教えることは可能なのか？　ナポレオン[*8]は不可能だと考えました。ジョンソン博士は可能だと考えました。[☆1]魂はあるか、ないか？　ないと言う未開人もいますが、女性とはなかば聖なるものと主張して、崇拝対象にする未開人もいました。[☆2]男性と比べて浅はかな頭脳しか持っていないと考える賢人もいますが、男性より意識が奥深いと考える賢人もいます。ゲーテ[*9]は女性に賛辞を呈しましたが、ムッソリーニ[*10]は軽蔑しています。こちらを向いてもあちらを向いても、男性は女性について考えながら、さまざまに異なることを考えています。
これはまったく理解不能——とわたしは結論づけ、隣席で勉強しているひとを見て妬ましくなりました。わたしのノートときたら矛盾だらけのメモの殴り書きでいっぱいなのに、そのひとはすっきりした要約を書いて、A、B、Cと見出しをつけて整理しています。まったく気が滅入ってしまいます。困ったこと、恥ずべきことです。真理はわたしの指からこぼれ落ちてしまいました。一滴たりとも残らなかったのでした。
これでは家に帰れないなあ——とわたしは思いました。女性は男性より体毛が少ないなんてわかったところで、〈女性と小説《フィクション》〉研究に真面目に寄与したことにはならない。南太平洋諸島の人びとは九歳で思春期を迎える、なんていうのも駄目——いや、九歳ではなく九十歳だったかな？　注意散漫だったせいで、手書きの文字は判読しがたいものになっていまし

☆1　「男は女が自分より上だとわかっているから、いちばん弱くてものを知らない女を選ぶ。自分より上だとわかっていないなら、自分と同じくらいものを知っている女を怖がることはないはずだ」——ボズウェル『ヘブリディーズ諸島旅日記』（一七七三年九月十九日）。

☆2　「古代ゲルマン族は女性の聖性を信じていたので、巫女として敬い伺いを立てた」——フレイザー『金枝篇』（全十二巻、一八九〇〜一九一五）、第一巻、三九一頁。

た。午前中まるまる取り組んでいたというのに、もっと重みのある立派な結果を残せないなんて、情けないことです。それに、過去のW（簡略化のために私は女性《woman》をこう呼ぶようになっていました）について真理が摑めないのであれば、未来のWのこともわからないのではないでしょうか？　女性を専門分野と定め、女性が政治、子ども、賃金、道徳などにどんな影響を与えているかを研究されている紳士方――大勢おいでで、みなさん学識がおありですが――のご意見を伺うのはまったくの時間の無駄のようです。本は開かなくていいでしょう。

でも、考え事をしているうちに、ぼんやりしてか自棄《やけ》になってか、わたしは隣席のひとのように結論をまとめるべきところに絵を描いていました。それはひとりの人物の顔と体、すなわちフォンX教授の顔と体でした。教授は大著『女性の精神的・道徳的・身体的劣等性』を執筆中です。わたしの絵からすると、教授は女性にとって魅力あるタイプではありません。がっちりした体格で両頰の肉は垂れ下がり、バランスを取るように目はとても小さく、大変な赤ら顔でした。教授の表情からすると、何かの感情に駆り立てられながら労苦に勤しんでいるらしく、紙をペンで引っ搔いて書いているところはまるでペンで害虫を殺そうとしているようです。一匹殺しても教授は満足せず、殺し続けなくてはなりません。しかしそうして殺しても、怒りと苛立ちの原因はそっくり残っているのです。

絵を見ながらわたしは自問しました。奥さんが原因なのだろうか？　奥さんが騎兵隊の将校と恋に落ちたのだろうか？　騎兵隊の将校はすらっとして優雅な身のこなしで、毛皮のアストラカン帽がお似合いなのかもしれない。フロイト理論[*11]を使うなら、教授は揺りかごの中にいたときに可愛い女の子に笑われたのかもしれません。わたしが思うに、揺りかごの中で赤ん坊だったときから、教授にはあまり魅力はなかったでしょうから。ともかく理由が何であろうと、女性の精神と道徳と身体は男性より劣るものであるとの大作を執筆中の教授は、わたしのスケッチにおいてたいへん怒りっぽく、たいへん醜く描き出されました。

絵を描くなんて、午前中いっぱいのはかどらなかった仕事の締めくくりとしてはいかにも不謹慎です。それでも隠れた真理が姿を現すのは、わたしたちが不謹慎なときだったり、夢を見ているときだったりします。精神分析なんてご大層な名前で箔をつけなくても、ごく初歩的な心理学を使うだけで、怒れる教授についてのノートのスケッチは怒りにまかせて描いたものとわかります。わたしがぼんやり考えに耽っているあいだに、怒りがわたしから鉛筆を奪い取ったのでした。しかしながら、怒りはわたしの中で何をしていたのでしょうか？午前中、次々と訪れた感情の跡をわたしはたどり、名指すことができます――関心、混乱、愉悦、退屈。怒りの黒蛇はそれらの感情の背後に潜んでいたのでしょうか？　そのとおり、怒りは隠れていたのですと、スケッチは語っていました。

スケッチがはっきり教えてくれたのは、その悪魔を呼び起こしたのは一冊の本、一つのフレーズ、すなわち女性とは精神と道徳と身体において劣ったものだという教授の言明である、ということでした。わたしの心臓は跳び上がり、両頰は燃え、怒りで真っ赤になったのでした。馬鹿みたいだとしても、それじたいはとりたてて特別なことではありません。わたしは隣席の学生を見ながら、こんな小柄な男《ひと》にまで生まれつき劣っているなんて言われたくはないな――と思いました。彼は息も荒く、その辺で買ったネクタイをして、この二週間くらい髭も剃っていません。馬鹿みたいだとしても、ひとには虚栄心というものがあるのです。

それが人間の性質だから、仕方ないじゃない――と思いながら、わたしは怒れる教授の顔の上に荷馬車の車輪やら円やらを描き足したので、まるで教授は火のついた茂みか炎を上げた彗星のように、人間とは似ても似つかないお化けのようになってしまいました。教授はいまやハムステッドヒースの丘の頂上で燃え盛る薪束*12のようです。わたしの怒りはすぐ説明がつき収束しました。でも好奇心は残っています。教授たちの怒りはどうしたら説明できるのでしょうか？　彼らはどうして怒っているのでしょうか？　これらの本から受ける印象を分析すると、彼らはつねに熱っぽい調子とわかります。この熱っぽさはいろいろな形を取り、風刺、感傷、好奇心、叱責などで表現されています。でも、しばしばそこに存在はしているものの、にわかに識別しにくい要素がもう一つあり、わたしはそれを怒りと呼びました。怒りは、表面に出ようとせず他のあらゆる感情と混じり合っています。奇妙な結果を生じさせることを考えれば、単純明快な怒りとは言えません。別のものに偽装する、ややこしい怒りです。

理由はどうあろうと、これらの本はわたしの目的に関するかぎり役に立たない――と、わたしは机に積み上げた本を見ながら思いました。つまり科学的価値がありません。人間的な意味では示唆に満ち、興味深いものも退屈なものもあり、フィジー島人の習慣についてとても面白い事実を教えてはくれますが、これらの本は感情の赤い光のもとで書かれており、真理の白い光のもとで書かれてはいません。したがって中央のデスクに返して、巨大な蜂の巣の中の各々の場所に戻してもらわないといけません。午前の作業全体から得られたのは怒りについての事実のみでした。教授連中は――わたしは十把一絡げにしました――怒っています。本を返却したわたしは、でもどうして、と自問しました。鳩や古代のカヌーといっしょに列柱のあいだ[*13]で立ち止まって、わたしは繰り返しました。どうして、連中は怒っているんだろう？

この疑問について反芻しつつ、わたしはぶらぶら歩いて昼食を出してくれるところを探しました。わたしが仮に連中の怒りと呼んだもの、その本質とは何なのでしょうか？　その疑問を解くには時間が必要です。大英博物館の近くの小さなレストランに座り、料理を運んできてもらうくらいは優にかかりそうでした。先客が椅子に新聞を残していったので、わたしは料理を待ちながら、見出しを何とはなしに拾い読みしました。大きな文字で見出しが躍っていました。〈南アフリカのクリケット大会で〇〇が高得点〉。それよりは小さな見出しで、〈オースティン・チェンバレン外相[*14]がジュネーヴを訪問〉。〈地下室にて、人毛の付着した肉切り包丁が発見される〉。〈裁判官の〇〇氏、離婚法廷にて女は恥知らずと発言〉。紙面のあちこちに他のニュースもありました。〈映画女優がカリフォルニアの山頂から落下、宙吊りに〉。〈天気は霧が出てくる見通し〉。

この地球にほんのちょっと降り立っただけでも、新聞を開いてこういう情報を寄せ集めれば、イングランドは家父長制のもとにあると簡単に察しがつくだろうと、わたしは思いました。まともに感覚を働かせれば、権力を持っているのは教授連中だとだれもが感知できます。彼こそが権力でありお金であり影響力です。彼こそが新聞社の経営者にして編集長にして副編集長です。外務大臣であり裁判官です。クリケット選手にして競走馬とヨットの所有者です。会社社長で、株主たちに二百パーセント支払います。慈善活動やカレッジに何百万ポンドも寄贈するのも彼なら、カレッジを運営するのも彼です。映画女優を空中に吊るしもします。肉切り包丁に付着した毛が人間のものか決めるのも彼だし、殺人者が無罪か有罪か決めるのも、絞首刑にするのも釈放するのも彼です。霧だけを例外として、あらゆるものを掌握しているようです。

それでも彼は怒っています。彼が怒っているとわたしが気づいたのは、こういう次第でした。女性について彼が書いたことを読んだとき、わたしはその内容ではなく書き手のことを考えました。ひとが落ち着いて何かを論じようとしたら、論じている内容のことしか考えられません。読者もそのため議論の内容について考えざるをえません。もし彼が女性について冷静に論じていたら、つまり反論できない証拠を挙げて議論を確かなものにして、結論がこうではなくああであってほしいというような願望の痕跡をまったく感じさせなかったとしたら、わたしも怒りたくはならなかったでしょう。事実をありのままに受け止めたでしょう。エンドウ豆は緑色ですとか、カナリアは黄色ですなどと言われるのと同様に、そうなんですね――と返したでしょう。でも彼が怒っていたために、わたしは怒ったのです。

だとしても馬鹿げている――と、新聞をめくりながらわたしは思いました。こんなに権力を持っている男性が怒らなくてはならないなんて。それとも、怒りとは、権力にはおなじみの、いつもついてまわる小鬼みたいなものなんでしょうか？　たとえば、貧乏人が財産を奪っていくのではないかと勘ぐって、金持ちはしばしば怒っているものです。教授連中、もっと正確に言えば家父長連中も、それと同じ理由で怒っているのかもしれません。でももっとわかりにくい理由が、もう一つありそうです。たぶん彼らは少しも「怒って」などいないのです。実際、個人的な人間関係においては、彼らはしばしば称賛すべきふるまいをして、献身的で模範的です。

おそらく、教授が女性の劣等性についていささか強調しすぎてしまうときには、女性の劣等性ではなく、ご自分の優越性のことが気がかりなのでしょう。それを守りたいがゆえに、いささか熱っぽく、やたらと力説してしまいます。ご自分の優越性は、教授にとってきわめて高価な宝石と同じです。人生とは、男性にとっても女性にとっても――わたしはここで人混みを肩で掻き分けながら道行く人びとを眺めました――努力を要する難しいもの、絶えざる闘争です。途方もない勇気と力が要ります。わたしたちは幻想を抱く生きものですから、たぶん何にもまして自信が必要です。自信が持てないのであれば、わたしたちは揺りかごの赤ん坊に逆戻りなのです。〔自信という〕この特質、あてどもないのにたいへん貴重なこの特質をささっと手に入れるにはどうしたらいいでしょう？　他人は自分より劣っていると考えればよいのです。自分には生まれつき他人より抜きん出た何かがあると考えればいいのです。お金とか地位とか鼻筋が通っているとか、お祖父さんの肖像画はロムニー[*15]に描いてもらったとか、哀れな人間の想像力はとどまるところを知りません。だからこそ、征服し支配しなくてはならない家父長にとって、大勢の人間、じつに人類の半数は生まれつき自分より劣っていると感じることができるとしたら、それはとてつもなく重大な意味を持ちます。彼の力の根源の一つが、まさにここにあります。

この考察を実生活に向けたらどうなるだろうか？――と、わたしは思いました。日々の生活ではふとしたときに心理の謎にぶつかるものですが、そんな謎を解明できるかもしれません。先日、人情と謙虚のひとであるはずのZ氏が、レベッカ・ウェスト[*16]の本を開いてその一節を読むなり、「とんでもないフェミニストだよ！　男は気取り屋だと言っている！」と、非難の声を上げました。わたしはその非難に驚きました。ミス・ウェストは、男性へのお世辞にはならないにしても、おそらくは当を得たことを言っただけなのに、どうして「とんでもないフェミニスト」になるのだろうと思ったのです。でもそれは、たんに虚栄心が傷つけられたからそう訴えたわけではありませんでした。自分を恃《たの》む力をどうか侵害しないでくれという抗議の声でした。

過去何世紀にもわたって、女性は鏡の役割を務めてきました。鏡には魔法の甘美な力が備わっていて、男性の姿を二倍に拡大して映してきました。[*17] その力がなければ、たぶん地球はまだ沼地とジャングルのままでしょう。数々の栄光ある戦争も、きっと遂行されなかったことでしょう。いまなお羊の骨を引っ掻いて鹿の輪郭を描いたり、火打石を差し出しては、羊の毛皮と交換してほしいとか、素朴な好みにふさわしい簡単な装飾品と交換してほしいなどと交渉したりしていたでしょう。超人[*18]も運命の指も存在しなかったでしょう。ロシア皇帝やドイツ皇帝も、皇帝になることもなければ、その地位を剥奪されることもなかったでしょう。文明社会において鏡はさまざまな用途に使われていますが、すべての暴力的で英雄的な行為にはどうしても鏡が欠かせません。だからこそナポレオンもムッソリーニも、女性は劣っているとムキになって言い募るのです。もしも女性が劣っていないのなら、自分を拡大してもらえなくなってしまいます。そう考えると、なぜ男性は女性をしばしば必要とするのかも説明がつきます。女性からの批判に、どうして男性は耐えられないのかもわかります。この本は駄目だとか、この絵はちゃんと描けていないとか女性が言うと、男性が同様の批評をしたときよりもはるかに苦痛や怒りを招きやすいものですが、その理由がわかります。つまり、もしも女性が本音を言おうものなら、鏡に映った姿が縮んでしまうのです。人生への適応力が弱くなってしまいます。朝食や夕食の席で、少なくとも二倍は拡大された自分の姿を見ることができなかったら、判決を下すとか、原住民を文明化するとか、法律を制定するとか、本を執筆するとか、正装して宴会でスピーチを述べるとか、そんなことをどうやって続けていけるでしょうか？

パンをいじり、コーヒーをかき回し、舗道を行き交う人たちをときどき眺めながらわたしは考えを進めました。鏡に映るイメージはとてつもなく重大なもの。そのイメージこそが活力をもたらし、神経系を刺激してくれる。そのイメージがなかったら、コカインを奪われた薬物中毒者みたいに死んでしまうかもしれません。わたしは窓の外を見ながら思いました。イメージの魔法をかけてもらえるおかげで、あの歩行者の半数は元気に仕事に出かけられる。朝、帽子をかぶってコートを着込みながら、その心地良い光を浴びていられる。自信たっぷり、意気揚々と一日を始められるし、ミス・スミスのお茶会に行ったら歓迎してもらえると信じていられる。ミス・スミスの部屋に入っていくときも、ここにいる人たちの半数よりぼくは勝っていると、ひとり考えることができる。だからこそあんなに自信ありげで確信に満ちた調子で話すことができるし、それが公的生活におよぼす効果ときたら計り知れない。それでまた、わたしはふとしたときに変だなあと思うことになるのだけれど。

こうしてわたしは男性の心理という、剣呑ではあれとても面白いテーマ——みなさんにも五百ポンドの年収ができたらぜひ取り組んでいただきたいと思います——について考えていたのですが、請求書の支払いのために、考察を中断しなくてはなりませんでした。お代は五シリング九ペンス。ウェイターに十シリング紙幣を渡すと、ウェイターはおつりを持ってきてくれました。財布の中には十シリング紙幣がもう一枚入っていました。わたしがそのことを気に留めたのは、わたしの財布には自動的に十シリング紙幣を生み出す力があるという事実は、いまだにわたしにとって息を呑むことだったからでした。財布を開けると紙幣がそこにあります。伯母はわたしと名字が同じというだけの理由で、わたしに紙切れを数枚遺してくれました。その紙切れと引き換えに、社会はわたしに鳥肉やらコーヒーやら、ベッドやら住まいやらを提供してくれるのです。

伯母のメアリー・ビートンは、ボンベイで遠乗りに出ていたときに落馬して亡くなりました。[*19] 遺産相続の知らせを受け取ったのは、女性に投票権を与える法律[*20]が通過したのと同じころのある夜のことでした。弁護士の手紙が郵便箱に届いていて、手紙を開封したわたしは、毎年五百ポンドずつ、伯母が終身わたしに遺してくれたことを知ったのです。その二つ——

投票権とお金——のうち、お金のほうがはるかに重要なものに思えたと、わたしは白状しなくてはなりません。それまで、わたしは新聞社に小さな仕事をねだって生計を立てていました。こちらでロバの品評会があると言われれば出向き、あちらで結婚式があると言われれば出向いて記事にしていたのです。他にも封筒の宛名書きをしたり、老婦人に本を読んで差し上げたり、造花を作ったり、幼稚園で子どもにアルファベットを教えたりして数ポンドずつ稼いでいました。一九一八年以前に女性に開かれていた仕事はそんなものでした。[*21] そんな仕事がどんなにつらいか、詳しく説明する必要はないでしょう。こうした仕事をしていた女性を、みなさんも他にきっとご存知でしょうから。そうやってやっと稼いだお金で暮らしていくのがいかに大変かも、説明しなくていいでしょう。みなさんご自身、おやりになったことがあるかもしれませんから。

ともあれ、わたしにとって何より最悪だったのは、そうしているうちに恐怖心と苦々しさが生じ、その毒気に当てられてしまったことでした。まずはやりたくない仕事をつねにこなさねばなりません。しかも奴隷のようにお世辞を言い、へつらわねばなりません。たぶんそうしなくてもよかったのですが、必要と思えましたし、あえてそうしないのは危険すぎました。それに加えて、わたしの才能、ささやかではあっても、あの教授にとって貴重であったのと同様、わたしにとっても使わないのは死に等しいその才能が、ただ朽ち果てていく、わたし自身もわたしの魂もいっしょに朽ち果てていくという気がしていました。そしてこれら全部は、まるでさび病が春に咲き誇る花々を侵食していき、やがては樹木を芯まで駄目にしてしまうのに等しいと感じられたのでした。

ところがすでに申し上げたように、伯母が亡くなりました。十シリング紙幣を使うたびに、変色や腐食は少しずつ削り落とされていきます。恐怖心も苦々しさも消えていきます。あのころの恨みがましい気持ちに思いを馳せつつ、おつりの小銭を財布にしまってわたしは考えました――本当に、固定収入があるだけでこんなに気分が変わるなんて驚きだ。この世のどんな力を使っても、わたしから五百ポンドを奪い取ることはできない。衣食住は未来永劫、わたしのもの。そう思うと、無駄な労力と骨折りを実際しなくてよくなっただけでなく、憎しみと恨めしさが消滅したのでした。わたしを傷つけることはできないのだから、男性のだれをも憎む必要がない。わたしは何ももらわなくていいから、どの男性にもへつらわなくていい。

こうしてわたしは気づかないうちに、人類の半分である男たちに新しい態度を取るようになりました。一つの階級全体、性別全体を責めるなんて馬鹿げていますし、たいがいのひとは、何をしたとしてもそのひとのせいではありません。制御不能な本能に振り回されているだけなのです。家父長連中、教授連中といえども、数限りない困難とひどい欠点を持っていますが、彼らの受けた教育は、わたしが受けた教育と同様に不完全なものであり、同じくらい重大な欠陥をはらんでいます。連中はたしかにお金と権力を手にしましたが、引き換えに、懐中にハゲタカを飼わねばなりませんでした。ハゲタカはひっきりなしに肝臓を食い破り肺をついばみ[*22]、所有したいという本能、獲得したいという熱情を呼び覚まします。だからこそ、連中はいつでも他人の土地や財産が欲しくてたまりません。辺境を切り拓いて国旗を立てます。軍艦やら毒ガスやらを製造します。自分の命も我が子の命もさあどうぞ、と差し出します。

みなさんもアドミラルティ・アーチとか（ちょうど通りかかったところでした）[*23]、戦勝品や大砲が飾ってある通りに行って、それがいったいどんな種類の栄光を賛えているのか考えてみてください。あるいは春の陽光のもと、株式仲買人や著名な法廷弁護士が建物に閉じこもって、一年に五百ポンドあれば日なたでのんびり生きていけるというのに、金、金、金と、ひたすら荒稼ぎしている様子を見てください。そんな本能なんて、持っていてもうれしくないだろう――と、わたしは考えました。そんな本能は、一定の生活状況から、つまり文明の欠如から生まれるもの――と思いながら、わたしはケンブリッジ公爵像[*24]を、とくにその三角帽の羽飾りを、たぶんそんなに見つめたひとは他にいなかっただろうというくらい、じいっと見つめました。

こうやって連中の欠点にも気づいてみると、恐怖心と苦々しさは少しずつ憐憫と寛容な心持ちに変化していきました。その後一年か二年か経つと、憐憫と寛容な心持ちも消え、事柄じたいを自由に考えることができるようになり、この上なくすっきりした気分になったのでした。たとえば、あの建物を自分は好きだろうか？　あの絵は美しいだろうか？　自分の考えでは、あの本は良い本だろうか、悪い本だろうか？　本当に、伯母の遺産のおかげで空一面を覆い尽くしていたヴェールが剝がれたのでした。それまでは、いつまでも崇拝しなさいとミルトンがわたしに薦めた、威圧的な男性の姿[*25]が大きく浮かんでいました。しかしその姿も消え、代わりに一面の空が広がったのでした。

そう考えつつ、あれこれ想像しつつ、わたしは川沿いの自宅に歩いて戻ろうとしていました。あちこちで明かりが灯され、朝と比べるとロンドンには説明しがたいくらいの変化が起きていました。この大いなる機械は、わたしたちの手を借りながら一日中操業を続けた結果、わくわくするような美しい織物を何ヤードか、織り上げてくれたようです。炎のようなその織地のそこここに、赤い瞳がきらめいています。熱い息を吐く、オレンジ色の怪獣のようです。風が家々に吹きつけ広告看板をガタガタ鳴らしていく様子も、旗がはためいているように見えました。

一方、私の家のある小さな通りでは、家庭的な雰囲気が濃厚に漂っていました。塗装業者が梯子《はしご》から降りようとしていました。子守りの女性は乳母車を前後にゆっくり動かしつつ、子どものお茶に間に合うように家に戻ろうとしていました。石炭業者は空にした袋を畳み、一枚ずつ重ねていました。八百屋を経営している女性は、手に赤いミトンをはめて一日の売り上げを勘定しています。しかし、みなさんがわたしの両肩に乗せた問題でわたしは頭をいっぱいにしていたので、こういういつもの光景を見ても、目下の関心事と結びつけずにはいられませんでした。ほんの一世紀前と比べても、こちらの仕事のほうに価値があるとか、必要性が高いとか決めるのははるかに難しくなった——と、わたしは思ったのです。石炭業者になるのと子守りになるのと、どちらがよいのだろうか？　八人の子どもを育て上げた洗濯女は、十万ポンド儲けた弁護士と比べて価値が低いのだろうか？　こんな疑問を抱いても、だれも答えられないので何にもなりません。洗濯女と弁護士の相対的価値は十年も違えばまた違ってしまうでしょうし、たとえ現時点で比べようとしても指標がありません。わたしはくだんの教授について、女性について論じるならそこここに「反論できない証拠」をつけてほしいと言いましたが、愚かな発言でした。一つの才能について、いまこの瞬間の価値はどのくらいか言えたとしても、価値判断は変わります。一世紀後にはまるで違っているかもしれません。

それに、百年も経てば――と、わたしは思いました。ちょうど自分の家の玄関に着こうとしていました。もはや女性は保護してもらう性別ではなくなっているでしょう。論理的に考えれば、かつては阻まれていた活動と労苦のすべてに参加している、ということになりそうです。子守りは石炭を持ち上げるでしょうし、女店主は機関車を運転しているかもしれません。女性が保護してもらう性別だったときの観察に基づいて作られた常識はすべて、覆されるでしょう。たとえば(ここで兵士の一連隊が通りを行進していきました)、女性と牧師と庭師は他の人たちより長生きする、などというのも覆されます。保護を取り払って、男性と同じ活動と労苦に曝し、兵隊とか船乗りとか蒸気機関士とか港湾労働者にすれば、女性は男性よりもはるかに若いうちに、はるかにあっけなく死んでしまうために、「今日は女性を見かけたよ」なんて、かつて「今日、飛行機を見たよ」と言っていたみたいに口にするようになるかもしれません。

玄関のドアを開けながらわたしは思いました。女性であることが保護される職業でなくなったら、何でも起こりうるだろう。でも、こういうことはわたしの原稿のテーマ、〈女性と小説《フィクション》〉といったいどんな関係があるのだろうか？　わたしは自問しながら室内に入ったのでした。

第三章

残念なことに、その夕べ、何か重要な言明、ないし信頼に値する事実を持ち帰ることはできませんでした。女性は男性よりも貧しい、その理由はかくかくしかじかである、と結論づけるわけにはいきませんでした。真理を追求しようとするあまり、頭に意見の濁流、それも溶岩のようにドロドロと熱く、食器をすすいだあとの汚水のように変色した濁流をかぶるような真似は、たぶんそろそろ止めたほうがいいのでしょう。カーテンを閉めて気散じは遮断して、明かりを灯したほうがよさそうです。質問を狭め、意見ではなく事実を記録する歴史家に説明を求めてみましょう。どんな条件のもとで女性は生きていたのでしょうか？　それも全時代をとおしてではなく、たとえばエリザベス朝[*1]のイングランドではどうだったのでしょうか？

エリザベス朝において、男性の二人に一人は唄ないしソネットを書いていたように思えますが、その類まれな文学の言葉を、女性はだれ一人として書いていません。なぜそうなのかは長年の謎です。いったいどんな条件下で女性は生きていたのだろう——と、わたしは自問しました。文学《フィクション》とは想像の産物です。科学はおそらく小石が地面に落下してくるようにして生まれるのかもしれませんが、文学はそうではありません。文学は蜘蛛の巣のように、たぶんそっと軽くではありますが、四隅でしっかり人生につなぎ止められています。つなぎ止められていると一見わからないものも多々あります。たとえばシェイクスピアの劇は自己完結しているように見えます。でも巣が斜めに引っ張られたり、端が持ち上げられたり、中心が破られたりしているのを見ると、それらの巣も肉体のない精霊が宙空で織りなしたものではなく、悩める人間の産物であって、健康やお金や住居などのきわめて物質的な事物につなぎ止められていることが思い出されます。

そこで、わたしは歴史書が並んでいる本棚に近づき、最新の歴史書、トレヴェリアン教授の『イギリス史』[*2]を取り出しました。いま一度〔索引で〕〈女性〉の項目を探し、「女性の地位」とあるのを見つけて、表示されていた頁を開きました。「妻を殴ることは」——と、わたしは読みました。「夫の権利であると認識され、身分の高低にかかわらず、憚ることなく実践されていた。……そしてまた」と、トレヴェリアンは続けていました。「両親の選んだ男との結婚を娘が拒もうものなら、彼女は閉じ込められ打ち据えられ、部屋中引きずり回されかねなかった。世論もまったく動じなかった。婚姻とは個人の愛情ではなく一族の利害関係の問題であり、とくに「騎士道精神を持つ」上流階級ではそうだった。……婚約は当人たちの一方、または双方が揺りかごにいるうちに行われることもしばしばであり、乳母の手を離れるか離れないかというときに、結婚させられることもあった」[*3]。それが一四七〇年ごろ、チョーサー[*4]から少しあとの時代です。

その次に女性の地位について記述があるのは、およそ二百年後のスチュアート朝[*5]です。「上流および中流階級の女性が、夫を自分で選ぶのはごく例外的な事態だった。夫が決まれば、少なくとも法律と慣習上は、夫が支配者ということになるのだった。しかしそうだとしても」――と、トレヴェリアン教授は結びます。「シェイクスピアに登場する女性たちにしても、十七世紀のヴァーニー家やハッチンソン家の信頼に価する回想録に出てくる女性たちにしても、個性と性格を欠いているようには思えない」[*6]。考えてみれば、たしかにクレオパトラは自分の言い分を通していたに違いありません。マクベス夫人も自分の意志を持っていたと考えられるでしょう。ロザリンドは魅力ある若い女性と言えます[*7]。トレヴェリアン教授は〈シェイクスピアの女性は個性と性格を欠いているようには思えない〉と述べ、まさに真実を語っています。

歴史家ではないわたしはさらに踏み込んで、歴史の開闢《かいびゃく》以来、女性はあらゆる詩作の中で篝火《かがりび》のように赤々と燃えてきたと言わせていただきましょう。劇作家の作品でも、クリュタイムネストラ、アンティゴネー、クレオパトラ、マクベス夫人、フェードル、クレシダ、ロザリンド、デズデモーナ、モルフィ公爵夫人。[*8] 散文作家の作品でも、ミラマント、クラリッサ、ベッキー・シャープ、アンナ・カレーニナ、エマ・ボヴァリー、ゲルマント公爵夫人――さまざまな名前がたちどころに思い浮かびます。[*9] どの女性も「個性と性格に欠けて」はいません。それどころか、もし女性というものが男性によって書かれた文学《フィクション》の内部にしか存在していないとするならば、女性は第一級の要人であると想像されるかもしれません。多種多様な女性がいます。勇敢な女性も卑小な女性も、華麗な女性も小汚い女性も、途方もなく美しい女性も極端なまでに醜い女性もいます。男性と同じように偉大です。男性よりも偉大だと考えるひともいます。[☆1] しかしそれは文学の中の女性です。実際はトレヴェリアン教授が言うように、女性は〈閉じ込められ打ち据えられ、部屋中引きずり回され〉ていたのでした。

こうして、たいへん奇妙な複合体が出現します。想像上の女性は第一級の要人なのに、現実には完全に軽んじられています。詩においては全編にわたり登場するのに、歴史においては存在していないに等しいのです。文学においては王や征服者の人生を支配していても、実人生では、だれか男の子の親が彼女に結婚指輪をはめてしまえば、その男の子の奴隷ということになるのでした。文学においてもっとも高揚した言葉、もっとも深遠な思想が女性の唇から語られているというのに、実人生においては読み書きもままならず、夫の所有物となっていたのでした。

歴史家の書いたものを読み、それから詩人の言葉を読むと、本当に奇妙きわまりない怪物ができてしまいます。鷲の翼をつけたイモムシ。台所にこもって獣脂を刻む、生命と美の真髄。でもこういう怪物は、想像するのは楽しいですが、実在しているわけではありません。彼女に息を吹き込むには、同時に詩的かつ散文的に考えなくてはなりません。つまり、彼女はマーティン夫人、三十六歳、青い服に黒い帽子をかぶって茶色の靴を履いているというように事実《ファクト》との接触を保ちながらも、彼女はあらゆる気分と力が絶えまなく揺れ動き煌めいている器というように、文学《フィクション》も見失わないようにする必要があります。

しかしこの方法をエリザベス朝の女性に当てはめようとしても、すぐに片方の情報源で行き詰まってしまい、彼女のことがわかりません。事実が少なすぎるのです。彼女についての詳細、はっきりした事実、実質的なことがまるでわかりません。歴史はほとんど彼女に言及

☆1 「奇妙でほとんど説明のつかない事実なのだが、都市アテネにおいて、女性が奴隷か労働者としてほとんど東洋的《オリエンタル》な抑圧のもとに置かれていたとき、舞台上の女性といえばクリュタイムネストラ、カッサンドラ、アトッサ、アンティゴネー、フェードル、メディア、そして「女嫌い」エウリピデスの劇につぐ劇で主役を務めるヒロインたちであった。この世のこうした矛盾——実人生ではきちんとした女性が街路で顔も出せないのに、舞台では女性が男性と対等かそれ以上であるという矛盾——については、満足のいく説明がなされたことがない。近現代の悲劇にも同じ現象がある。シェイクスピア作品をともかくざっと眺めただけでも（ウェブスターも同じで、マーロウとジョンソンは違うが）、この趨勢、女性が主導権を握っているという事態は、ロザリンドからマクベス夫人にいたるまで同じである。ラシーヌも同様で、全悲劇のうち六作はヒロインの名前をタイトルに付している。ハーマイオニー、アンドロマック、ベレニス、ロクサーヌ、フェードル、アタリーに匹敵する男性の登場人物がいるだろうか。イプセンもまた同様である。ソルヴェーグ、ノラ、ヘッダ、ヒルデ・ヴァンゲル、レベッカ・ヴェストに匹敵する男性の登場人物がいるだろうか」——F・L・ルーカス『悲劇』（一九二七）一一四〜一一五頁。

しません。わたしはトレヴェリアン教授の本に戻り、教授にとって歴史とは何を意味するのかを考えてみました。各章の見出しを見ると、教授にとっての歴史とは――「領主裁判所と開放耕作地での農法……シトー派修道士たちと牧羊……十字軍……大学……庶民院……百年戦争……薔薇戦争……ルネサンスの学者たち……修道院解散……農業および宗教上の対立……イングランド海軍力の起源……スペイン無敵艦隊……」等々。たまに個人としての女性への言及があっても、エリザベス一世やメアリー・スチュアート[*10]など、女王ないし貴族の女性です。中流階級の女性、使えるものといえば頭脳と性格しかないような女性は、歴史家が過去を構成すると考えている大きな流れにはとうてい参加できないのでした。

彼女は逸話集の中にも見つかりません。オーブリー[*11]は彼女にほとんど言及しません。彼女は自伝を書くこともありませんし、日記もほとんどつけません。ほんの数枚の手紙が存在するだけです。劇も詩も遺していないので判断材料がありません。欲しいのはたくさんの情報だ――とわたしは思いました。ニューナムかガートンの聡明な学生さんに、集めていただけないでしょうか？　彼女は何歳で結婚したのか？　平均何人くらいの子を産んだのか？　どんな家に住んでいたのか？　自分ひとりの部屋はあったのか？　食事は自分で作ったのか、使用人がいる場合のほうが多かったのか？　こういう事実はみんなどこか、たぶん教区簿冊などの帳簿の中に眠っています。エリザベス朝の平均的女性がどう生きていたのか、証拠はあちこちに散らばっているはずなので、集約して一冊の本にまとめることはできそうです。

本棚には存在しない本を探しながら、わたしは思いました。ニューナムやガートンのような有名なカレッジの学生さんたちに、歴史を書き直してくださいとお願いするのはあまりに大胆でしょうか？　歴史はいまのままでは少し奇妙で、現実に即していない、バランスが悪い、とたしかに感じられます。歴史に補遺をつけて、女性たちがもちろん出しゃばって見えないように、その補遺を何かさりげない名前で呼んでみてはいかがでしょうか？　というのも、わたしは偉人伝の中で彼女たちの姿をちらっと見ることがよくあり、彼女たちはすぐに背景に引っ込んでしまうものの、ウィンクとか笑いを押し殺しているのではないか、あるいは涙をためていたのではないかと思うことがときどきあるのです。

ジェイン・オースティンの伝記はもう何冊も書かれていることですし、ジョアンナ・ベイリーの悲劇がエドガー・アラン・ポーの詩にもたらした影響[*12]について、いま一度再考する必要があるとも思えません。メアリー・ラッセル・ミットフォードの住まいや行きつけの場所にしても、向こう一世紀公開が中止されたところで、わたしとしてはかまいません。でも嘆かわしいのは——と、わたしは本棚を見回しながら続けました。十八世紀以前の女性について何も知られていないことです。あれこれ考えてみようとしても、依拠できるモデルがありません。なぜエリザベス朝の女性は詩を書かなかったのかと問おうにも、どうやって教育を受けていたのかも定かではありません。書くことを教わったのでしょうか？　居室をひとりで使えたのでしょうか？　二十一歳になる前に、どのくらいの女性が出産していたのでしょうか？　端的に言って朝の八時から夜の八時まで、彼女たちは何をしていたのでしょうか？　明らかにお金はありませんでした。トレヴェリアン教授によれば、乳母の手を離れる前、おそらく十五歳か十六歳で否応なく結婚させられていました。

このことだけでも、女性のだれかが突然シェイクスピアみたいな劇を書いたとしたら、それはひどく可笑しなことだとわかりそうなものです。わたしはいまは亡き老紳士、たしか主教だったその方が、シェイクスピアと同じくらいの才能を女性が持つなんて、過去も現在も未来もありえないと公言していたことを思い出しました。その方は新聞各紙でそう書いていました。さらにある女性がこの方に問い合わせたところ、猫は天国には行きません、魂みたいなものはあるにはありますがね、と答えたそうです。こういう老紳士の方々は、本当に思索の労を省いてくださいます！　これらの方々のおかげで、知らないことが本当に減っていきます！　猫は天国には行かず、女にはシェイクスピアのような劇が書けないそうです。

でも――わたしは本棚のシェイクスピアの作品を見ながら考えずにはいられなくなりました。主教が正しかったことが少なくとも一つある。どんな女性であれ、シェイクスピアの時代にシェイクスピアのような劇を書くことは、何があっても絶対できなかった。事実は入手困難なので、ここは想像力を働かせてみましょう。シェイクスピアに優れた才能のある妹、たとえばジュディスという名の妹がいたらどうなったでしょうか？

　シェイクスピア本人はおそらくグラマー・スクール[*13]に通っています――母親が遺産を相続していましたから。彼はラテン語を、オウィディウスやウェルギリウスやホラティウス[*14]を学び、文法と論理学の基礎も学びました。よく知られているように彼は野生児で、ウサギを密猟したり、おそらく鹿を仕留めたりもしました。近隣の女性としかるべきときより早く結婚し、しかるべきときより早く、子どもも誕生しました。そうやって羽目をはずした結果、ロンドンに出て運試しをすることになりました。芝居好きだったようです。楽屋口の馬番から始めました。すぐに芝居の仕事にありつき、役者として成功して、世界の中心で生きることになりました。あらゆるひとと会い、あらゆるひとと知り合いになり、自分の技を舞台にかけ、街で機知を磨いて、宮廷では女王にもお目見えしました。

　その間、優れた才能のある妹は、実家にとどまっていたと仮定してみましょう。兄と同じくらい、彼女も冒険好きで想像力に富み、世界を見たいと渇望していました。でも彼女は学校に通わせてもらえませんでした。文法と論理学を学ぶチャンスもなければ、ホラティウスやウェルギリウスを読むチャンスもなかったのです。彼女はときおり本を、たぶん兄の本を手に取って数頁読みました。しかしそこで両親がやってきて、靴下を繕いなさい、シチューをかき混ぜなさい、本や紙を手に考えごとをするのはよしなさい――と言いました。両親はきつい調子でそう言いましたが、親切心からそうしたのでしょう。地に足の着いたひとたちで、女性の生活状況がどういうものかわかっていましたし、娘を愛していました――彼女は父親の秘蔵っ子だったかもしれません。

林檎を貯蔵していた屋根裏で、彼女はおそらく数頁くらいは書きましたが、細心の注意を払ってしまい込んでおくか、火をつけて燃やしてしまうかでした。ところがまもなく、十代も終わらないうちに、彼女は近所の羊毛商人の息子と婚約させられることになりました。彼女は涙を流して結婚なんて嫌だ――と言ったので、父親にひどくぶたれました。それから父親は叱るのを止めました。その代わり、お父さんを傷つけないでほしい、この結婚のことでお父さんに恥をかかせないでほしい――と懇願したのでした。首飾りか上等のペティコートをやるからと言い、目には涙が浮かんでいました。どうして父親に逆らえるでしょうか？

どうして父親の心を打ち砕くことなんてできるでしょうか？　持って生まれた才能の力だけが支えでした。彼女は持ち物を小さな包みにまとめて、ある夏の夜にロープで家の外に降り、一路ロンドンに向かいました。

彼女は十七歳にもなっていませんでした。垣根でさえずる鳥も、彼女の声に比べれば劣りました。空想を巡らせるとだれよりも早く、兄に似て言葉の響きを聞き分ける才能に恵まれていました。兄と同じように、芝居好きでした。楽屋口に立ちました。役者になりたいのです――と、彼女は言いました。男たちは面と向かって彼女を嘲笑いました。経営者は――だらしない口元の太った男でした――ゲラゲラと大笑いしました。女の演技なんてものはプードルのダンスと同じだよ、[15]などとがなり立てたあと、女は役者になれないよと言いました。なれるのはね――彼はちょっと仄めかしました。何のことかは、みなさんもご想像がつくでしょう〔売春婦にはなれるということ〕。

彼女は技術を磨こうにも、その訓練が受けられませんでした。もちろん酒場で夕食を注文することも、真夜中に街路を歩き回ることもかないませんでした。それでも彼女の才能は文学《フィクション》に向いており、たくさんの男女の暮らしを見たい、人びとの生き方を観察したいと切に願っていました。しまいに――彼女はまだうら若く、シェイクスピアそのひとと不思議なくらいそっくりで、同じように瞳は灰色で、同じように秀でた額をしていました――役者兼経営者のニック・グリーン〔架空の人物〕が彼女に情をかけました。気がつくと、彼女はこの男性の子を身ごもっていました。そして――詩人の心が女性の体に囚われて出られなくなると、計り知れないくらいの熱と激しさを帯びるものですから――彼女はある冬の夜に命を絶ちました。宿屋エレファント・アンド・キャッスルのすぐ外、現在はバス停のある十字路に埋葬されました。[*16]

シェイクスピアの時代にシェイクスピアの才能を持っていた女性がいたとしたら、こんなところがおおよその展開になると思います。でもわたしとしては、亡くなられた主教、主教だったとしてですが、あの方の意見に賛成です。シェイクスピアの時代にシェイクスピアの才能に恵まれた女性がいたとは考えられません。シェイクスピアのような天才は、肉体労働に従事するひとたち、教育を受けないまま苦役を強いられるひとたちからは生まれません。イングランドにおいてはサクソン人からもブリトン人からも生まれませんでした。[*17]今日、労働者階級からは生まれません。だとしたら、どうして女性から生まれることがあるでしょうか？　トレヴェリアン教授によれば、女性は乳母の手を離れないうちから、両親の言いつけどおりに結婚という仕事に従事させられ、法律と慣習も女性をそう仕向けていたのです。

しかしそうだとしても、ある種の天才なら、労働者階級にも女性にも存在していたに違いありません。ときおりエミリー・ブロンテやロバート・バーンズのようなひと[*18]が燦然と輝いて、才能を証明してくれます。でも、その才能が紙に書き留められることはありませんでした。魔女が水に浸けられた、女性が悪魔憑きだった、知恵のある女性が薬草を売っていたという逸話を読んだり、とある優れた男性に母親がいた[*19]などと聞いたりすると、わたしはここに小説家になるはずだったひとがいる、詩人でありながら詩を発表しなかったひとがいる、沈黙を保ったせいで栄誉に与れなかったジェイン・オースティンがいる——などと考えます。荒野で頭を打ち砕いたのは、あるいは自分の才能に苦しみながら街道をうろついたのは、エミリー・ブロンテのようなひとでしょう。それに、たくさんの作者不詳の唄が残っていますが、その作り手の多くは女性だったのかもしれません。伝承詩《バラッド》やフォークソングを作ったのは女性だっただろう、そうやって子どもたちを寝かしつけたり、糸紡ぎをしながら気晴らしに歌ったり、冬の長い夜を紛らわしたりしたのだろうと言ったのは、エドワード・フィッツジェラルド[*20]だったと思います。

　以上のことは本当かもしれませんし、間違っているかもしれません。だれにもわかりません。ただ自分で作ったシェイクスピアの妹の物語を振り返るに、間違いないとわたしが思うのは、どんな女性であれ十六世紀に大きな才能を持って生まれたとしたら、気が狂うか、銃で頭を撃ち抜くか、あるいは男か女かわからない魔法使いと恐れられ嘲笑されて、村はずれの侘びしい小屋で一生を終えることになっただろうということです。才能豊かな女の子が、その才能を詩作に使おうとしたときに、他のひとにはさんざん妨害され邪魔され、自分の相矛盾する本能にはさんざん苦しめられ引き裂かれるように感じたとしたら、必ずや健康を損ねるか、正気を失ったにちがいないということは、心理学の専門知識を使わなくてもわかります。

ロンドンまでひとり歩いて行って楽屋口に立ち、役者や経営者の面前に出ようなどという女の子は、きっと自分で自分を苦しめて、理性では割り切れない苦悩に苛まれたに違いありません。純潔性など、社会がわけのわからない理由ででっち上げた崇拝物《フェティッシュ》にすぎませんが、それでも苦悩は生じます。その当時、純潔でなくてはならないとの思いは女性の人生において宗教的重要性を持っていました。これはいまも変わりません。その思いには神経や本能が幾重にも絡みついているので、その思いだけを取り出して日の光に当てるのには、めったにないほどの勇気が要ります。

十六世紀のロンドンで、女性詩人や女性劇作家が自由な生活を送ろうとすれば、ひどいストレスとジレンマに悩まされ、それはきっと本人を死に追いやったでしょう。たとえもし生き延びたとしても、張りつめた病的想像力からものを書くことになり、作品はねじ曲がり変形してしまったことでしょう。それに間違いなく——と、わたしは女性劇作家の作品がそこにない本棚を見ながら考えました。作品に自分の名前を記さなかったことでしょう。きっとそんな安全策を取ったに違いありません。十九世紀になっても、純潔性を保ちたいという気持ちは残っていて、女性は作品を公表するとき匿名のままでいようとしました。カラー・ベル、ジョージ・エリオット、ジョルジュ・サンド[21]はみな、その作品からわかるように内心の葛藤の犠牲者で、男性名を使って何とかして自分をヴェールに包んで隠しておこうとしたのでした。そうすることで、女性が注目を集めるのは厭わしいものだという慣習、男性たちがゼロから捏造したのでないにしても大いに奨励した慣習に、一目置いたのでした（女にとっての最大の栄光とは噂にならないことだと、ペリクレス[22]は言いました。本人はさんざん噂の種になった男性でしたが）。

　匿名性は女性の血の中を流れています。ヴェールの奥に隠れていたいという思いに、いまなお女性は取り憑かれています。いまでも女性は男性ほど自分の名声にこだわりませんし、墓碑や標識の前を通りかかっても、自分の名前をあそこに刻みたいという、いても立ってもいられない欲望を覚えることは概してありません。ところがアルフ氏やバート君やチャス某だと、素敵な女性ないし犬でも通り過ぎようものなら、本能が「あの犬はぼくのもの」[*23]などと囁きかけるのに逆らえません。もちろん犬だけじゃない——と、わたしはパーラメント・スクエアやジーゲス・アレーなどの大通り[*24]を思い出しながら考えました。土地だったり、縮れた黒髪の〔アフリカ人〕男性だったりするかもしれません。女に生まれた最大の利点の一つは、たいへん美しい黒人女性の前を通りかかったとしても、あの女《ひと》をイギリス女性に仕立てたい、などと思わないですむことです。

そうすると、十六世紀に詩才を持って生まれたくだんの女性は、不幸せな女性、自分の中に葛藤を抱え込んだ女性でした。生活をとりまくあらゆる条件、彼女の中のあらゆる本能は、頭に思い浮かんだものは何であれ表現できるという精神状態を阻止するものでした。

それにしても、ものを創造するという行為にもっともふさわしい精神状態とはどんなものだろう?——と、わたしは自問しました。あの奇妙な行為を促進し、可能にしてくれる状態について、何かヒントは得られないでしょうか？　ここでわたしはシェイクスピアの悲劇を収めた本を開けました。たとえば、彼が『リア王』や『アントニーとクレオパトラ』[*25]を書いたときの精神状態とは、どんなものだったのでしょうか？　間違いなく、それは他のどんな精神状態よりも詩作にふさわしいもののはずです。でも、シェイクスピア本人はそのことについて何も語りませんでした。わたしたちはほんの偶然に、彼が「一行も削除することはなかった」[*26]と知っているのみです。

芸術家本人が精神状態について語るようになったのは、おそらく十八世紀に入ってからのことでした。たぶん始まりはルソー[*27]です。そして十九世紀になると自意識はたいへん発達し、文筆家が告白録や自伝で心中を語るのは習慣となりました。伝記もまた書かれるようになり、生前の手紙も死後出版されるようになりました。そういうわけで、シェイクスピアにとって『リア王』を書くのがどんな経験だったかはわかりませんが、カーライルが『フランス革命史』を書いたときの経験[*28]、フロベールが『ボヴァリー夫人』を書いたときの経験、そして自分の死期が迫っても世間は無関心というときに、キーツ[*29]がどうやって詩を書こうと奮闘したのかを、わたしたちは知っています。

その上で、近年の膨大な告白録やら自己分析の文学から類推するに、天才的作品を作るのは、ほとんどつねに途方もない困難をともなう偉業です。あらゆることが、作家の精神から作品がまるごと生まれてくる可能性を妨害します。概して、物質的な状況は敵対的です。犬は吠え、他人は邪魔します。お金だって稼がないといけませんし、健康を害するかもしれません。さらに、こうした困難をいっそうつらく耐えがたいものにするのが、世間の無関心という悪名高い代物です。世間は詩や小説や歴史を書いてくださいなどと頼んできたりしません。必要と思っていないのです。フロベールがぴったりした言葉を見つけようが、カーライルがあれこれの事実を確かめようと細心の注意を払おうが、世間は気にも留めません。当然、欲しいと思っていないものにお金は出しません。だからこそ、キーツやフロベールやカーライルのような作家は、とくに創造意欲の盛んな若いとき、あらゆる形で気を逸らされたり落胆させられたりして苦しむのです。罵声が、苦悩の叫びが、分析や告白本から立ち上っています。「優れた詩人、悲惨のうちに死せり」[*30]というのが、彼らが声を揃えて言いたいことです。これらのすべてを乗り越えて何かが出てくるとしたら奇跡です。着想がまるごと、まったく損傷を受けないまま一冊の本として生まれ出るということは、おそらくないのです。

でも女性たちにとっては――と、わたしは空っぽの本棚を見ながら考えました。困難はそれにも増して厳しいものでした。まず十九世紀の初めまで、両親がきわめて裕福か、貴族階級に属しているのでないのなら、自分ひとりの部屋を持つことじたいが問題外で、当然ながら静かな個室とか防音の個室などという贅沢は考えられませんでした。小遣いは父親の善意から出され、服装代に充てるだけで精一杯でした。そのため、キーツやテニスンやカーライルのような貧しい男たちですら楽しんだもの、つまり徒歩旅行とかフランスへの小旅行とか、家族の要求ないし暴虐から逃れられるつましい別宅などは、女性の手には届きませんでした。

こうした厳しい物質的困難に加え、物質的でない困難はさらに酷《むご》いものでした。キーツやフロベールなどの才能を持った男性は、世間の無関心を耐えがたいと感じましたが、彼女に向けられるのは無関心でなく、あからさまな敵意でした。世間は男である彼らに〈そうしたいなら書けばいい、こちらには何の関係もない〉と言いましたが、女性にも同じことを言ったわけではありません。嘲笑とともに〈ものを書く？　お前の文章が何になるんだ〉と言ったのでした。ここでニューナムとガートンで心理学を研究しておられるみなさんに助けていただきたい――と、本棚の空きスペースをいま一度見ながらわたしは思いました。気持ちをくじかれると芸術家の精神はどうなるのか、計測できてもいい頃です。わたしは牛乳会社が、通常の牛乳とAランクの牛乳がネズミにどんな効果を与えるか、計測しているのを見たことがあります。二匹のネズミは隣り合った檻に入れられていましたが、一匹はこそこそした貧弱な臆病者で、もう一匹はつやつや毛並みが良く、大柄で大胆でした。

女性芸術家はどんな栄養をもらっているのだろう？――と、プルーンとカスタードのあの夕食を思い出しながら、わたしは自問しました。その答えは、夕刊を開いてバーケンヘッド卿〔五三頁に既出〕の意見を読めばわかりました――でも本当に、女性が書くことについてのバーケンヘッド卿の意見をわざわざ引き写す手間は省略することにいたします。イング首席司祭〔五三頁に既出〕の意見も放っておきましょう。ハーリー・ストリート[*31]の専門医がいくら喚き立ててハーリー・ストリートいっぱいにこだまを響かせても、やはりわたしはビクともいたしません。

しかし、オスカー・ブラウニング氏〔五三頁に既出〕については引用することにします。オスカー・ブラウニング氏はかつてケンブリッジで重要人物でしたし、ガートンやニューナムの学生の審査員でもありましたから。オスカー・ブラウニング氏はこう断じるのがつねでした。「各種の試験を採点してなお感じるのは、どんな点をつけても、もっとも優秀な女性ですら最下位の男性に劣るということだ」。そうのたまってから、ブラウニング氏は自室に戻るのでした。そしてその次の展開で、彼は愛すべき人物、大きな体軀と威厳を兼ね備えたひとりの人間になります。自室に戻ると、馬番の少年がソファに寝そべっています。「骸骨のように痩せていた。頰は土気色であばたがあり、歯は黒く、手足も十分に成育していないようだった。……「アーサーだ」「とブラウニング氏です。」「本当に可愛い、素晴らしく気高い子だ[*32]」」。この二つの場面はつねに補完し合っているようにわたしには思えます。伝記の盛んな現代において素晴らしいのは、異なる二つの場面を突き合わせて考えることが可能になったことです。偉大な男性の発言にしても、発言内容だけでなく、行動もあわせて解釈することができます。

とはいえ、こういうことが現在可能だとしても、ほんの五十年も遡れば、重要人物の口からこうした意見が漏らされるという事態は手痛いものだったに違いありません。きわめて真摯な動機から、娘には家にいてほしい、作家とか画家とか学者などにはなってほしくないと考える父親もいたでしょう。「オスカー・ブラウニング氏の意見を聞いてごらん」と、彼なら言ったでしょう。それにオスカー・ブラウニング氏だけではありません。『サタデー・レヴュー』誌[*33]もありました。グレッグ氏[*34]もいました。「女性であることの本質とは」と、グレッグ氏は力説しました。「男性に扶養され、男性を助けることである」。途方もない数の男性諸氏が、知的な面で女性に期待できることは何もないという趣旨の意見を述べています。くだんの父親が彼らの意見を読み上げなかったとしても、娘のほうが自分で読むこともできます。そしてそんな意見を読めば、十九世紀においてすら、彼女の活力は低下させられてしまい、作品にも大きな影響が出たことでしょう。

この種の主張、これはお前にはできない、やるだけの能力がないという主張は、おそらくいつの世にもあるのかもしれません。たぶんその病原菌は、現在では小説家にはあまり効果がありません。優秀な女性小説家も出てきていますから。でも画家にはまだ有毒のようです。さらに音楽家に対しては活発に猛毒を放っています。女性作曲家は、シェイクスピア時代における女優と同じ位置にいます。シェイクスピアの妹についてのわたしの物語で、ニック・グリーンは、演技する女性なんてダンスをする犬みたいなものだと言いました〔八五頁参照〕。その二百年後、ジョンソンは同じ言葉[*35]を女性説教師に用いました。そして音楽についての手元の本を開くと、西暦一九二八年現在、同じ言葉が作曲を試みる女性に使われています。「ジェルメーヌ・タイユフェール[*36]については、ジョンソン博士が女性説教師について使った格言を、音楽に置き換えて繰り返せばよい。「女性の作曲なんて、犬が後ろ足で立って歩くようなものです。下手でも、とにかく歩いたということが驚嘆に値するのです[☆2]」」。歴史というものは、何と正確に繰り返すものでしょうか。

オスカー・ブラウニング氏の伝記など、使った本をみんな押しやって、わたしは結論を下しました。こうしてみると、十九世紀になっても女性が芸術家になることは明らかに奨励されていなかった。それどころか鼻であしらわれて引っぱたかれ、説教と訓戒を聞かされた。これに反発しないといけない、あれは違うと証明しないといけないとなると、彼女の精神は緊張を強いられただろうし、気力も萎えたに違いない。ここでまたわたしたちは、あのとても面白い、男性の抱くコンプレックスという未解明の問題に近づいています。女性運動[*37]に大きな影響をもたらしたあの根深い願望、つまり女性は劣っていなくてはならない、もとい男性は優れていなくてはならないというあの願望から、男性はそこかしこ、芸術だけでなく政治においても、自分への損害が最小限で、女性が控えめかつひたむきに頼み込んでいる場合でも、行く手を塞いでしまうのです。

ベズバラ伯爵夫人[*38]も政治に情熱を捧げていたのに、グランヴィル・ルースンゴワー卿[*39]への手紙では、へりくだってこう書かねばなりませんでした。「わたしは政治に熱い関心を持ち、よく政治の話をしますが、あなたの指摘はまったくそのとおりだと思います。〔政治のような〕大事な仕事に口出しできる女は一人としていません。（尋ねられたときだけ）意見を述べることくらいしかできません[*40]」。その後、伯爵夫人はどんな障害もあるはずのない話題、つまりグランヴィル卿の庶民院での最初の演説という目下の重要問題について、情熱を込めて語ったのでした。変な光景だ——と、わたしは思いました。女性解放に反対する男性の歴史は、

☆2　セシル・グレイ『現代音楽の概要』（一九二四）、二四六頁。

女性解放の歴史そのものより、もしかすると興味深いかもしれません。ガートンやニューナムの若い学生さんが事例を集めて理論を引き出したら、きっと面白い本ができるでしょう。でもそんなことをやるのであれば、両手に分厚い手袋をはめ、混じり気のない金塊をたくさん用意して、〔身体的にも経済的にも〕自衛しておく必要がありそうです。

わたしはベズバラ伯爵夫人の手紙が収められた本を閉じて考えました。いまとなっては面白いですむことも、かつてはしごく真面目に拝聴しなくてはなりませんでした。〈こけおどし発言集〉とでもラベルを貼った本に集めておき、夏の夜な夜な、会員限定で読んで差し上げたい意見も、かつては涙を誘ったのです。みなさんのお祖母さん、ひいお祖母さんの中には、目が潰れるほど泣いたひとがたくさんいらっしゃいました。フローレンス・ナイティンゲール[*41]は苦悩のあまり悲鳴を上げました。[☆3]

また、大学に進学して自分ひとりの居室を享受されているみなさんが——居室といっても寝室と兼用かもしれませんが——、天才はそんな意見は無視すべきだ、才能があれば何を言われようと超越していなくてはならないとおっしゃるとしたら、それも大いに結構です。しかし残念なことに、才能ある男女こそ、才能についてとやかく言われることをひどく気にします。キーツを思い出してみてください。墓石に刻んだのはどんな言葉だったでしょうか。[*42]

テニスンを考えてみてください。他にも――でも、評判が気になるのは芸術家の本性であるという、残念であるにしても否定できない事実についての事例をこれ以上挙げなくてもいいでしょう。文学には、他人の意見を途方もなく気に病んだひとたちの死骸が累々と散らばっています。

創造にふさわしい精神状態とはどんなものかという当初の疑問に戻るなら、感受性が強いのはそこでも不幸なことだとわたしには思えました。芸術家が、自分の内部に抱えている作品をまるごとそっくり解放するための途方もない努力を完遂するためには、その精神は白熱していなくてはなりません。シェイクスピアの精神のように――と、わたしは開いたままの『アントニーとクレオパトラ』を見ながら思いました。そこに障害物は残っていません。異質なものが使われずじまいになっていたりはしません。

わたしたちはシェイクスピアの精神状態のことを何も知らないと言いますが、そうは言いながらも、彼の精神状態について何かを語っています。わたしたちがシェイクスピアについ

☆3　フローレンス・ナイティンゲール「カッサンドラ」参照。レイ・ストレイチー『大義』（一九二八）に収録されている。

てダン[*43]やベン・ジョンソンやミルトンほどにも知らないのは、たぶんシェイクスピアの悪意や怨恨や反感がどこにも見当たらないからです。作者のことを想起させるような「発見」で、妨げられることがありません。抗議をしたい、何かを説きたい、損傷を被ったと申し立てたい、恨みを晴らしたい、自分の苦労や怒りについて世間に知ってもらいたい、などの願望のすべてが、焼き尽くされ使い尽くされています。だからこそ詩情が淀みなく、妨げられることもなく、彼から流れ出ています。作品をまるごと表現できたひとがもしもいたとしたら、それはシェイクスピアそのひとです。わたしはふたたび本棚に向かって考えました。白熱した、何者にも制御されない精神があったとしたら、それはシェイクスピアそのひとの精神に他なりません。

第四章

十六世紀にそんな精神状態にあった女性を見つけるなんて、明らかに不可能でした。エリザベス一世の時代、〔母親の〕墓を子どもたちが取り囲み、跪いて両手を合わせている光景が思い浮かびます。その子どもたちも夭折したのでした。住んでいた家の室内といえば暗くて窮屈でした。そう考えると、エリザベス朝の女性には、詩が書けるはずもなかったと理解できます。

たぶんもう少し時代が下ったころなら、貴族の女性が、他の女性よりも自由と快適さに恵まれているという利点を活かして自分の名前を付した何かを出版し、怪物と思われる危険をあえて冒してみたかもしれません。男性は、もちろん俗物などではございませんから——と、レベッカ・ウェスト流の「とんでもないフェミニズム〔本書六三頁参照〕」を慎重に回避しながら、わたしは続けました。伯爵夫人が詩作に取り組むのであれば、おおむね親身になって応援してくれるはずです。一介のミス・オースティンとかミス・ブロンテがそのころ生きていたのなら、冷遇されたかもしれませんが、爵位のある貴婦人なら、はるかに大きな励ましが得られただろうと推測されます。しかし、その心は、恐怖や憎しみのような関係のない感情に掻き乱されてしまい、その混乱の痕跡が詩に残ってしまったかもしれないとも推測されます。

たとえばここにウィンチルシー伯爵夫人[*1]の作品がある――と、彼女の詩集を取り出しながらわたしは考えました。一六六一年に生まれ、生まれながらの貴族で、結婚後もそうでした。子どもはいませんでした。彼女は詩を書きましたが、詩集を開けば、詩の中で女性の地位への憤怒をぶちまけていることがわかります。

何とわたしたちは堕落したことか！　偽りの規則に倣ったせいで、堕落してしまった。
生まれついての愚者ではなく、教えられて愚者になったのだ。
精神向上のあらゆる手段から遮られ、
凡庸で従順であれ、最初に造られたとおりであれと求められている。

だれかがひときわ抜きんでようものなら、
空想を温め、野心を抱こうものなら、
反対勢力がいっそう強力に立ちはだかるために、
成功への望みは、いつも不安に押し潰されてしまうのだ。〔ウィンチルシー伯爵夫人「序」〕

明らかに、彼女の精神は「すべての障害を焼き尽くして白熱して」はいません。その反対で、さまざまな憎しみと悲しみに苛まれ、注意散漫になっています。彼女にとって、人類とは二つの陣営に分断されたものです。男たちは「反対勢力」であり、憎しみと恐怖の対象です。なぜなら彼らは彼女がやりたいこと、つまりは執筆活動を妨害する力を持っているからです。

何ということだ！　ペンを執ってみようなどという女、
そんな思い上がった女の過ちは、*2
どんな美徳をもってしても埋め合わせがきかない、と考えられている。
性別を間違えている、ふるまいを間違えている、と彼らは言う。
わたしたちが望むべき教養とは、

礼儀作法、身だしなみ、ダンス、着こなし、楽器の演奏くらいだという。
もしも読み書きをしたり、ものを考えたり、何か尋ねようものなら、
美貌が台無しでございます、時間の無駄です、
人生の盛りに得られるものが得られなくなります、ということになる。
そして卑しい家屋の退屈な切り盛りこそ、
わたしたちの最高の業であり活動であると考える方々もおいでだ。
〔「序」〕

実際、作品が公になることは絶対にないという思いは、彼女にとっては詩作を続ける励みになりました。このように悲しく口ずさんで、自分を慰めたのでした。

数人の友に向け、そしておまえの悲しみに向けて歌うがいい、
月桂樹の栄光など、おまえに向いてはいない、
帳《とばり》を暗く降ろして、そこで満足しているがいい。
〔「序」〕

ところが、心に憎しみと恐怖がなく、恨みも憤りも鬱積していないときには、彼女の内面

には炎が赤々と燃えていることがわかります。ときおり、純粋な詩の言葉が飛び出してきます。

他にはない見事な薔薇の花を見つけたら、
色褪せた絹地に地味な刺繍などしない。

（「序」）

この詩行に、マリー氏[*3]は正当な評価を与えています。また、ポウプは次の詩行を記憶にとどめ、自作に流用[*4]したと考えられています。

いま、黄水仙が疲れた頭の隅々まで浸透して、
わたしたちはその甘美な香りに卒倒する。

（ウィンチルシー伯爵夫人「憂鬱」）

こんなふうに書ける女性、自然の事物と内省とにこんなにも心をぴたりと合わせることのできる女性が、怒りと恨みでいっぱいにならねばならなかったのは、本当に残念なことでし

た。でも、他にどうにかできたでしょうか？　わたしは彼女が冷笑と嘲笑をさんざん浴び、追従者にはお世辞ばかりを連ねられ、職業詩人には疑いの目を向けられていたのを想像してみました。夫は世にも優しいひとで、結婚生活は満ち足りたものではありましたが、彼女は詩作のために田舎の私室に閉じこもって、恨みがましさと、たぶん良心の呵責にも苛まれたに違いありません。「違いありません」というのは、ウィンチルシー伯爵夫人について事実を探そうとしても、例によって、ほとんど何も知られていないからです。彼女は憂鬱症にひどく苦しみました。憂鬱症に陥っているときの空想について彼女は詩に書いているので、それがどんなものだったのか、少なくともいくらかは説明できます。

　わたしの詩はけなされ、わたしの活動は
　役に立たない愚行だ、思い上がりも甚だしい欠点だと思われている。
〔「憂鬱」〕

このように非難を浴びる〈活動〉なるものとは、わたしの理解するかぎり、野原を気ままに散策したり夢想したりするという無害なものでした。

わたしの手はありきたりの凡庸なものから逸れて、
風変わりな事物をたどるのが好き。
他にはない見事な薔薇の花を見つけたら、
色褪せた絹地に地味な刺繍などしない。

〔「序」〕

それが彼女の習慣であり楽しみであるなら、嘲笑を浴びても当然なのでした。そこでポウプだかゲイだかは、彼女を「書きたくてムズムズしている青鞜派《ブルー・ストッキング》」と揶揄したと言われています。彼女もまたゲイを嘲笑して、彼の怒りを買ったのでした。彼女は、ゲイの『トリヴィア』を読めば「作者は椅子駕籠で運んでもらうのではなく、椅子駕籠を担ぐのにふさわしい人間である」とわかる、と評したのでした。[*5]

これはみな「信憑性の疑わしい噂話」であり、マリー氏に言わせれば「面白くない」ものだそうです。[*6] しかし私はマリー氏とそこは別意見で、信憑性の疑わしい噂話でもかまわないので、もっと多くを知りたいと思います。そうすれば、憂鬱になりがちだったこの貴婦人――草原の散策と風変わりな事物についての思索をこよなく愛し、「卑しい家屋の退屈な切り盛り」をじつに軽々しく、じつに無分別に嘲笑したこの貴婦人――のイメージが摑める、自分で思い描くこともできると思うからです。でも、マリー氏によれば、彼女は冗漫になっていきました。彼女の才能の周囲には雑草がはびこり、茨が絡みついていきました。繊細で卓越した才能を持っていたのに、その才能を見せるチャンスには恵まれませんでした。[*7]

そこで、私は彼女の作品を本棚に戻して、もうひとりの貴婦人の作品を取り出しました。風変わりな空想家のニューカッスル公爵夫人こと、マーガレット・キャヴェンディッシュ[*8]です。マーガレットはウィンチルシー伯爵夫人より年上の、同時代を生きた女性であり、ラムの敬愛した女性[*9]でした。二人には大きな違いもありましたが、共通点は貴族だったこと、子どもがいなかったこと、最良の夫と結婚したことでした。二人とも同じように詩に対する情熱に燃え、同じ原因によって傷つけられ変形を被ったのでした。ニューカッスル公爵夫人の作品を開くと、ウィンチルシーと同様、憤怒の爆発に出会います。「女は蝙蝠《こうもり》か梟《ふくろう》さながらに生き、家畜さながらに労働し、虫けらのごとく死ぬ……」〔ニューカッスル公爵夫人「女の演説集」〕。

マーガレットもまた、詩人になれたかもしれません。今日であれば、あのすべての活動から、何かしらの結果が生まれたはずです。しかし実際は、あの野育ちの知性、豊富ではあれ何の教育も施されていない知性を、縛りつけ飼いならし文明化して、ひとが使えるものにするなどということは、何をもってしても不可能でした。それは滅茶苦茶なまま流出してしまいました。韻文と散文と詩と哲学の奔流となって流れ出て、四つ折り本や二つ折り本にこびりつき、現在にいたるまでだれにも読まれていません。彼女は手に顕微鏡を持たせてもらうべきでした。星々を観察して、科学的推論の方法を教わるべきでした。彼女の理解力は、孤独と放縦のせいで台無しになってしまいました。だれも彼女を止めようとしませんでした。だれも彼女に教えてやりませんでした。教授陣は彼女にへつらい、宮廷人は彼女を馬鹿にしました。エジャトン・ブリッジズ卿[*10]は「宮廷育ちの高位の女性が書いたものとしては」粗野である、と不満を漏らしています。彼女はウェルベック[*11]に一人閉じ籠りました。

マーガレット・キャヴェンディッシュのことを考えると、孤独と奔出のとてつもない光景が思い浮かびます。巨大なキュウリが野放図に膨れ、庭のすべての薔薇とカーネーションを押し潰し窒息死させてしまう、そんな光景です。「最高に育ちの良い女性とは、最高に礼儀正しい精神の持ち主」〔ニューカッスル公爵夫人『親睦の手紙』〕と書いた女性が、たわごとを書き散らし人生を浪費し、世事に疎くなって愚行を重ねたというのは、本当にもったいないことでした。しまいには彼女が馬車から出ようとすると、見物人が集まるようになったといいます。明らかに、彼女は気の触れた公爵夫人として、賢明な若い娘たちを怖がらせるのにもってこいの怪物になってしまったのです。ここで私は思いついて、ニューカッスル公爵夫人の作品は棚に戻し、ドロシー・オズボーン[*12]の書簡集を開いて、公爵夫人の新刊について婚約者のテンプルに書き送った手紙を読みました。「可哀想なあの女性は、少し気が触れているんです。そうでなかったら本を書く、それも詩を書くなどという馬鹿げたことができるはずはありません。わたしなら、二週間不眠が続いたとしてもそんなことはいたしません」[*13]。

良識があって慎み深い女性であれば本など書きません、というわけで、ニューカッスル公爵夫人とは正反対の気質を持ち、繊細で憂鬱症に陥りがちだったドロシーは、何も書きませんでした。手紙は問題ありませんでした。父親の病床に付き添いながらでも、手紙くらいなら女性も書くだろうと思われていました。男たちが談話している傍らでも、暖炉の近くで彼らの邪魔にならないようにしながら、手紙なら書けます。わたしはドロシーの書簡集をめくりながら、不思議だなあと思いました。だれかに習ったわけでもなくひとりで放っておかれたのに、文章を作る彼女の才能、場面を構成する彼女の才能にはたいへん素晴らしいものがあります。彼女がしたためた文章に耳を澄ませてみてください。

午餐のあと、わたしたちは座って話していましたが、B氏のことが話題になり、わたしは席を立ちます。日中の暑い盛りは読書や家事をして過ごし、六時か七時には散歩に出て、家のすぐ隣の共有地に行きます。そこではたくさんの若い娘たちが羊や牛を放し飼いにして、木陰に座って伝承詩《バラッド》を唄っています。わたしは近くに行って、娘たちの歌声と美しい顔立ちを、本で読んだことのある古代ギリシャの羊飼いたちと比べます。大きな違いもありますが、いにしえの羊飼いと同じくらい、無邪気そのものです。話しかけてみると世の中でいちばん幸福なひとたちで、足りないものなど何もないとわかるのですが、本人たちはそのことを知りません。話し込んでいると、ひとりが周りを見渡して、牛が小麦畑に入ろうとしているのを見つけます。すると、まるで踵《かかと》に翼がついているみたいに、娘たちみんながいっせいに走り出します。そんなに敏捷ではないわたしはあとに残され、彼女たちが牛や羊を追い立てて家路につくのを見て、わたしも帰る時刻だと思います。夕食後、わたしは庭に出て、隅を流れる小川のほとりに行って腰を下ろし、あなたもいっしょだったらいいのにと思うのです……。*14

誓って言いますが、ドロシーには作家の素質がありました。それでも「わたしなら、二週間不眠が続いたとしてもそんなことはいたしません」と書き送ったことを考えると、女性がものを書くことを良しとしない雰囲気がどれほどのものだったか、推し量ることができます。作家の素質を十分に備えた女性ですら、本を書くことは馬鹿げたこと、気の触れている姿を見せることだと信じ込んでいたのです。わたしたちはここでベーン夫人[*15]〔アフラ・ベーン〕にたどりつきます。わたしはドロシー・オズボーンの薄い一冊きりの書簡集を本棚に戻して、ベーン夫人の作品を取り出しました。

ベーン夫人まで来ると、わたしたちは道のきわめて重要な曲がり角に差しかかることになります。あの孤独な貴婦人方、私邸で二つ折り本に囲まれ、読者や批評家に向けてではなく自分の楽しみだけのために書いていた方々はあとに残し、これからは街に出て、街路でふつうのひとたちと肩を触れ合わせて行くのです。ベーン夫人は中流階級の女性で、ユーモアと活力と勇気という庶民の美徳のすべてを備えていました。夫に死なれ、自分の数々の冒険もうまくいかなかったせいで、自分の才覚だけで生計を立てねばならなくなった女性でした。男たちと同じ条件で働かねばなりませんでした。勤勉に仕事をして、彼女は食べていけるだけのお金を稼ぎ出しました。この事実は、彼女が実際に書いたどの作品よりも、あの素晴らしい「わたしは千人を犠牲にした」[*16]や「愛は見事に勝利の座についた」[*17]よりも重要です。なぜなら、これ〔ベーンが執筆で収入を得たこと〕をもって精神の自由、いえそこまでは言えないとしても、好きなようにものを書くことのできる精神が、やがてしかるべき時期が来れば到来するかもしれない、という可能性が出現したのです。

アフラ・ベーンにできたという事実を踏まえ、娘たちは両親に向かってこう言えるようになりました――わたしは自分のペンで稼ぎますから小遣いなど要りません、と。もちろん、その後何年も何年も、こんな返事が返ってきたことでしょう――そうだな、アフラ・ベーンみたいな暮らしをするならな。死んだほうがましだろうよ！　そしてドアはこれまで以上にピシャリと閉められたでしょう。このたいへん興味深い問題、女性の純潔を男性がいかに重要と見なし、女子教育はその影響をいかに被っているかという問題は、議論してみるとよさそうですし、ガートンかニューナムの学生さんにその気がおありなら、面白い本になるでしょう。その際、ダドリー伯爵夫人[*18]がスコットランドの荒野でブヨにたかられつつ、それでもなおダイヤモンドを身につけて座している姿などが口絵に使えそうです。ダドリー伯爵夫人は先日亡くなりましたが、『タイムズ』紙にそのとき掲載された死亡記事[*19]によると、夫のダドリー伯爵は「洗練されたセンスがあり数々の趣味もたしなみ、親切で慈悲深いひとだったが、気まぐれに横暴になることがあった。ハイランドの辺鄙な狩猟小屋に滞在中も、妻たるものは正装していなくてはならないと主張した。彼は夫人を高価な宝石で飾り立てた」。そして「夫人にすべてを与えたが、責任だけは一切持たせなかった」。ところがダドリー伯爵が脳卒中で倒れると、伯爵夫人は伯爵を介護しつつ、伯爵の地所の管理に類まれな手腕を発揮したのでした。伯爵の気まぐれな横暴は、じつに十九世紀になってからのことです。

でも、話をもとに戻しましょう。アフラ・ベーンは、たぶん本人の感じの良さなどの性質は犠牲にしたとしても、書くことでともかく稼ぐことができると証明しました。それから次第に、執筆はたんなる愚行のしるし、気が触れている徴候などではなく、実質的重要性を持つようになりました。夫は死ぬかもしれません。家族に何か一大事が起きるかもしれません。十八世紀が進行するにつれ、何百という女性が、翻訳をしたり夥しい数の不出来な小説を書き飛ばしたりして、わずかな小遣いを補ったり、家族を窮地から救出したりできるようになりました——それらの小説はいまや教科書にもその名をとどめず、チャリング・クロス・ロード[*20]の古書店で〈一冊どれも四ペニー〉の箱に入って売られています。十八世紀後半の女性によるあの盛んな精神活動、つまり会話をしたり会合を開いたり、シェイクスピア論を書いたりギリシャ・ラテン文学を翻訳したりという活動は、女性もものを書くことで稼ぐことができるという確固たる事実の上に成り立っていたのでした。無報酬であればくだらないと軽蔑されかねないものを、お金は立派に見せてくれます。「書きたくてムズムズしている青鞜派《ブルー・ストッキングズ》」と、それでも冷笑を浴びたかもしれませんが、彼女たちが財布のお金を殖やせるようになったことは否定できません。

こうして十八世紀末に一つの変化が起きたのでした。もしわたしが歴史を書き直すなら、十字軍よりも薔薇戦争よりもこの変化についてより詳しく語るでしょうし、より重きを置くでしょう。すなわち、中流階級の女性がものを書き始めたのでした。もし『高慢と偏見』が重要なら、『ミドルマーチ』と『ヴィレット』と『嵐が丘』が重要なら、[*21]一般女性、つまり二つ折り本やら追従者やらに囲まれ田舎の邸宅に引きこもった貴族女性だけでなく、一般女性が書き始めたということこそ、この一時間の講演ではお伝えしきれないくらいの重要性を持っています。そうした先輩女性たちがいなければ、後世のジェイン・オースティンもブロンテ姉妹もジョージ・エリオットも作品を書けませんでした。それは、シェイクスピアはマーロウ[*22]がいなかったら、マーロウはチョーサーがいなかったら、チョーサーは無名の詩人たちが道を拓き、生《き》のままの粗野な言葉づかいを直していなかったら書けなかった、というのと同じです。

傑作というのは、それのみで、孤独の中で誕生するわけではありません。何年もかけてみんなで考えた結果、人びとが一体となって考えた結果として誕生します。ゆえに一つの声の背後には集団の経験があります。ジェイン・オースティンはファニー・バーニーの墓に花輪を捧げるべきでした。ジョージ・エリオットはエライザ〔エリザベス〕・カーター[*23]の逞しい亡霊に敬意を示すべきでした——この勇敢な老婦人は、ギリシャ語の勉強のために早起きできるようにと、ベッドに鈴をくくりつけたのでした。そして、すべての女性はアフラ・ベーンの墓に花を撒くべきです。その墓がウェストミンスター寺院に祀られているのは[*24]、スキャンダラスなことではあれ、当然といえば当然です。彼女が奮闘してくれたからこそ、女性は心のうちを語る権利を獲得できたのですから。彼女はいかがわしいところのある恋多き女性でしたが、彼女のおかげで、わたしがみなさんにこう申し上げても、それほど途方もない発言でもないのです——一年に五百ポンド、みなさんの才覚で稼ぎ出してください、と。

こうしてわたしは十九世紀初頭まで来ました。ここにいたってはじめて、本棚が何段も女性の作品のみに充てられています。でもどうして？——と、わたしは並んだ本に目を走らせながら問わずにはいられませんでした。ごくわずかな例外を除いてみんな小説というのは、どうしてなのでしょうか？　最初の衝動は詩に向けられていました。「詩歌の最高峰[*25]」は女性詩人〔サッフォー〕でした。フランスでもイングランドでも女性詩人のほうが女性小説家より先でした。それに、わたしは四人の名高い女性小説家の作品を見ながら思ったのですが、ジョージ・エリオットとエミリー・ブロンテにどんな共通性があるというのでしょうか？　シャーロット・ブロンテはジェイン・オースティンをまったく理解できませんでした。[*26]　四人とも子どもがいないという、たぶん執筆と関係のある事実を除けば、これほどまでにちぐはぐな四人が一堂に会するなんて考えられません――あまりにちぐはぐなので、いっそ一堂に集めて会話をさせてみたいくらいです。それでも、何か書こうという段になったら不思議な力に突き動かされ、四人はみんな小説を書いたのでした。

中流階級に生まれたことと何か関係があるのだろうか？――とわたしは思いました。もう少々時代が下ってからエミリー・デイヴィスが実に鮮やかに述べているように、十九世紀初頭の中流階級の家庭には居室が一つしかなかったのですが、[*27]　その事実と関係があるのでしょうか？　女性がものを書くとなれば、みんないっしょの居室で執筆するしかありませんでした。それにナイティンゲールが切々と訴えているように、「女性には三十分も……自分の時間と呼べるものがなく[*28]」、いつも中断が入ったのでした。それでも、散文や小説の執筆は、詩や劇の執筆に比べれば容易だったことでしょう。集中力をそれほど必要としませんから。ジェイン・オースティンは生涯そんなふうに執筆を続けました。彼女の甥が回想録に書いています。「作品につぐ作品をどうやって書き上げたのかは驚くばかりである。こもっていられるような自分ひとりの書斎を持っていたわけではなく、作品のほとんどをみんなの居室で、あらゆる種類のちょっとした中断を受けながら書いたのである。自分が何をしているのかを、家族以外の者、つまり使用人や訪問者などには感づかれないよう、叔母は細心の注意を払っていた[☆1]」。ジェイン・オースティンは原稿を隠したり、吸い取り紙を上に乗せたりしたのでした。

それにまた、十九世紀初頭の女性の文学修業といえば、性格観察とか感情分析の訓練しかありませんでした。女性の感受性は、何世紀ものあいだ、共通の居室の影響下で培われてきたのです。人びとの感情には強く印象づけられ、人間関係はいつも目前にありました。それゆえに中流階級の女性は、ものを書き始めたときに当然のように小説を書くことになったのです。とはいえ、くだんの四人の名高い女性のうち二人まで、本来は小説家というわけではなかったことは明らかでしょう。エミリー・ブロンテは詩劇を書くべきでした。ジョージ・エリオットは創作衝動を歴史ないし伝記に向けていたら、その壮大な精神をもっと十分に発揮できたことでしょう。

でも、四人が実際に書いたのは小説でした。しかも良い小説だった――と、わたしは本棚から『高慢と偏見』を取りながら言いました。身びいきするでも男性に苦痛を与えるでもなく、『高慢と偏見』は良い本です、と言えます。いずれにしても、『高慢と偏見』を書いているところを見つかっても恥じる必要はなさそうです。それでもドアの蝶番がきしもうものなら、だれかが入ってくる前にジェイン・オースティンはそそくさと原稿を隠したのでした。ジェイン・オースティンにとって、『高慢と偏見』の執筆は不名誉なことだったのです。わたしは思いました――もしジェイン・オースティンが原稿を来客の目から隠さねばならないと考えずにすんでいたとしたら、『高慢と偏見』はさらに良い小説になっていたのだろうか？　わたしは試しに一、二頁読んでみました。でも状況のせいで作品に少しでも傷がついたという微候《しるし》も、見つかりませんでした。ジェイン・オースティンについて、たぶんいちばん奇跡的なのはそこです。一八〇〇年前後に、憎しみも怨恨も恐怖もなく、抗議したいとか何か説き聞かせたいという気持ちもなく、ものを書いていた女性がいたのです。

こうやってシェイクスピアも作品を書いた――と、わたしは『アントニーとクレオパトラ』[*29]を見ながら思いました。人びとはシェイクスピアとジェイン・オースティンを並べ評す

☆1　『ジェイン・オースティンの思い出』（甥のジェイムズ・エドワード・オースティン＝リーによる。一八七〇、一二八～一二九頁）

るとき、どちらの作家もすべての障害物を焼き尽くしていると言いたいのでしょう。焼き尽くしているからこそ、わたしたちはジェイン・オースティン個人について知らないし、シェイクスピア個人についても知りません。そして焼き尽くしているからこそ、ジェイン・オースティンは当人の書いたあらゆる言葉に浸透しており、シェイクスピアもまたそうなのです。ジェイン・オースティンが自分の状況に苦しむことがあったとしたら、狭い範囲で生きねばならなかった、ということでしょう。女性ひとりで出歩くことはできませんでした。一度も旅行をしませんでした。乗合馬車でロンドンを走り抜けることも、レストランに入ってひとりで昼食を食べることもありませんでした。でもたぶん、ジェイン・オースティンは手に入らないものは欲しがらない性格だったのでしょう。才能と状況がぴったり一致していました。しかしそれはシャーロット・ブロンテには当てはまらない――とわたしは口に出して言い、『ジェイン・エア』[*30]を『高慢と偏見』の横に並べました。

十二章を開くと、「わたしを責めたいひとはそうすればいい」という言葉が目に飛び込んできました。シャーロット・ブロンテのどこに責められる点があったのだろう？――と、わたしは思いました。わたしが読むに、フェアファクス夫人がゼリーを拵えているあいだ、ジェイン・エアには屋根に登って遠くの荒野を見わたす習慣がありました。[*31]そして彼女は切望しました——そのために責められたのでした。

あの地平線を越えていく視力があったらいいのに。喧騒に満ちた世界やいくつもの街や、話に聞いたことはあっても見たことはない、活気溢れるたくさんの地域が見えたらいいのに。それに、いままで蓄えてきたのより、もっと数多くの実地体験を積みたい。わたしと同じようなひとたちともっと話がしたいし、ここでわたしが顔を合わせることのできるひとたち以外に、もっといろいろなひとたちと知り合いたい。フェアファクス夫人の善さ、アデル[*32]の善さはわかっている。でも、それとはまた別の、もっと生き生きした善が存在していると、わたしは確信している。その確信しているものを、わたしはこの目で見てみたい。

だれがわたしを責めるだろう? たぶん大勢のひとが、おまえは不満屋だと言うだろう。でも、わたしにはどうしようもないのだ。じっとしていられないのがわたしの性分で、わたしは苦しいくらいの気持ちになることもある……。

ひとは平穏な生活に満足していなくてはいけません、なんて言っても無駄だ。ひとは行動しなくてはならない。何も見つからないときは、自分で為すことを作り出すものだ。

何百万というひとたちがわたし以上に平穏な生活を運命づけられながら、その運命に静かな反乱を企てている。地上に住むこの夥しい人びとがどのくらい反抗心を醸成しているか、だれもわかっていないのだ。女はとても穏やかなものだと一般には思われている。でも女だって男がものを感じるのと同じようにものを感じている。男の兄弟たちと同様、女だって自分の能力を使いたいし、何かやってみる場が欲しい。女はあまりに制限が厳しく、あまりに停滞が甚だしいために苦しんでいるが、男だって同じ境遇だったら同じように苦しむだろう。男たちは同じ人間でありながらより特権に恵まれているのに、女たちに向かってプディングを作っていなさい、靴下を編んでいなさい、ピアノを弾いていなさい、鞄に刺繡をしていなさい、そのくらいで満足していなさいと言うのは、偏狭というものだ。しきたりが命じるよりも多くを為したい、多くを学びたいと女が望んでいるのに、それを責めたり笑ったりするのは無思慮というものだ。

こうしてひとりでいるとき、グレイス・プールの高笑い[*33]を耳にしたのは一度や二度ではなかった……。

これはぎこちない中断だ――と、わたしは思いました。グレイス・プールが突然登場するのでは、びっくりしてしまいます。連続性が乱れてしまいます。『ジェイン・エア』を『高慢と偏見』の隣に置いて、わたしは思いました。『ジェイン・エア』のこういうくだりを書いた女性は、ジェイン・オースティンより才能があっただろう。でも読み返してみて、ここには急激な変化がある、あそこには憤懣が書かれていると気づくと、この女性が才能をまるごとそっくり表現することはないだろうとわかってくる。彼女の書く本には、いつも変形とねじれがあるだろう。冷静に書くべきときに憤怒に駆られながら書くだろう。賢明な書き方をすべきときに愚かな書き方をしてしまうだろう。登場人物について書くべきときに自分のことを書くだろう。彼女は自分の運命と闘っている。押さえつけられ妨げられた結果、彼女が若くして死んだとしても、[*34]他にどうにかしようがあっただろうか？

シャーロット・ブロンテに、たとえば年収三百ポンドがあったらどうなっていたか、ここでわたしは少し考えてみたくなりました。彼女は愚かにも、作品すべての著作権を千五百ポンドで何の条件もつけずに売り払ってしまったのでしたが、年収三百ポンドあったとしたら、きっと彼女は〈喧騒に満ちた世界〉と〈いくつもの街〉と〈活気溢れるたくさんの地域〉についで、もっと知識を得たでしょう。〈実地体験〉と〈わたしと同じようなひとたち〉との会話と〈いろいろなひとたち〉との親交を手に入れたことでしょう。これらの言葉によって、小説家としての自分の短所だけではなく、当時の女性一般の短所を、彼女はズバリ指摘しています。シャーロット・ブロンテは他のだれよりも理解していたのでした――もし遠くの荒野をひとりで見ているだけでなく、経験と会話と親交が許されていたのなら、どれだけそれらが自分の才能のためになったかということを。

しかしそれらは許されず、手に入りませんでした。『ヴィレット』『エマ』[*35]『嵐が丘』『ミドルマーチ』――これらの良い小説はすべて、堅実な牧師の家庭で許される程度の人生経験しか積めなかった女性たちによって書かれたのだという事実を、わたしたちは受け入れねばなりません。しかもこれらの小説は、その堅実な家庭のみんないっしょの居室で書かれ、女性たちはお金もなかったので、一度にわずかな枚数の紙だけを買って、そこに『嵐が丘』や『ジェイン・エア』を書いたのでした。

そのうちのひとり、ジョージ・エリオットだけはかなりの試練を経て〔家庭を〕脱出しましたが、セント・ジョンズ・ウッド[*36]の辺鄙な邸宅に籠もりました。そしてその地で、世間からの非難を受けつつ、ひっそり暮らしたのでした。彼女は書いています。「わかってほしいのですが、自分から来たいとおっしゃる方以外、こちらからお招きすることはありません」[*37]。というのも、彼女は既婚男性と同棲していたのであり、そんな我が身を見せたら、うっかり訪問してきた女性客などの純潔を汚しかねない、というわけです。社会のしきたりには従わないわけにはいかず、「いわゆる世間から隔離され」[*38]ねばならなかったのでした。そのころヨーロッパのもう一方の端では、ひとりの若い男性があるときはこちらのジプシー女と同棲し、別のときはあちらの貴婦人と同棲して、気ままに暮らしていました。戦争にも行きました。ひとの生活をさまざまに、妨害も検閲もなしに体験して、それがのちに本を書くことになったときに大いに役立ったのでした。この男性、トルストイ[*39]が既婚女性とプライオリ邸[*40]で隔離生活を送っていたら、「いわゆる世間から隔離され」ていたら、道徳的教訓というものがどんなに啓発的だったとしても『戦争と平和』は書けなかったでしょう。

でも、この小説の執筆という問題、および性別が小説家にもたらす影響という問題については、もう少し深く探究できそうです。わたしが目を閉じて一作の小説全体を思い浮かべてみると、単純化や歪曲はもちろん数限りなくあるにしても、実人生の鏡像というべき性質を持った創造物と思えます。心の目で見るなら、それは何らかの形状をなしています。いまは広場の形状、いまは塔の形状、いまは別棟《ウィング》が加わり拱廊《アーケード》が張り出されたかと思うと、別のときには硬くまとまってコンスタンティノープルの聖ソフィア大聖堂[*41]のようなドーム型の形状になります。名高い過去の小説を何作か思い返すに、これらの形状によってそれぞれにふさわしい感情が呼び覚まされるのです。でも、その感情はすぐに他の感情と混じり合います――「形状」とはいっても、それは石と石を積み上げて作ったものではなく、人間と人間の関係から作られたものですから。こうして、小説はあらゆる種類の矛盾する感情、相反する感情を呼び覚まします。人生が人生ならざるものと衝突するのです。

このため小説について統一見解を持つことは難しく、さまざまな私的先入観によっていちいち大きく揺らぎます。一方で、〈主人公のジョン、死んではいけない、死んだらわたしは絶望の底に沈んでしまう〉と思いながらも、〈ああジョン、死なくてはいけない、だって本の形状からしてそうしないといけないのだから〉と思うのです。人生が人生ならざる何かと衝突しています。それを、部分的には人生ではあるのでわたしたちは人生と呼んでいるわけです。ジェイムズはわたしのいちばん嫌いなタイプの男だと、たとえばひとは口にします。あるいは、馬鹿げた話ばかりで、自分はこんなことを一度も思ったことはない、などと言います。名高い小説を考えると明らかですが、小説はじつにさまざまな判断、じつにさまざまな感情からできているため、作品全体の構造はきわめて複雑です。驚きなのはこうしてできた本が一年も二年もそれ以上の長きにわたって崩壊することがなく、イギリス人読者に対して、ロシア人読者や中国人読者に対してとおそらくは同じ意味を伝えていることです。

しかも時折ではありますが、目を見張るほどしっかり組み合わされた小説もあります。類まれに生き残ったこういう小説（たとえば『戦争と平和』）を支えているのは、〈誠実さ《インテグリティ》〉とでも言うべきものです。とはいっても、請求書のお金をきちんと支払うとか、緊急事態に立派な行動を取るとかいうこととは関係ありません。小説家にとっての〈誠実〉という言葉でわたしが意味しているのは、これが真実だと読者に確信させる力のことです。そう、こういうことがあるなんて考えたこともなかった、ひとがこんなふうに行動するなんて知らなかった、でもあなたがそういうこともあると説得してくれたから、こういうことはあるんですね——と、ひとは感じます。

ひとは読みながらすべての語句、すべての場面を光に照らしてみます。じつに奇妙なことではありますが、母なる自然はわたしたちに内なる光を授けてくれました。内なるその光に照らせば小説家が誠実か不誠実かを判断できます。というか、自然はごく気まぐれに、わたしたちの心の壁に見えないインクで予告を書いておいてくれたのかもしれません。その予告を、優れた芸術家が本当のことだったと確証してくれるのです。天才の炎でスケッチをあぶり出してくれるのです。そうやって炎であぶり出されて文字が蘇るのを見ると、わたしたちはうっとりして〈これこそ、自分がいつも薄々感じていたこと、わかっていて待ち望んでいたことだ！〉と叫び、興奮に沸き立ちます。そして本を閉じるときにはますます恭しく、まるでその本がたいへん貴重なもの、生きているかぎり立ち返ることのできる盟友とでもいうように、本棚に戻すのです――わたしはそう言いながら、『戦争と平和』を手に取って本棚に戻しました。でも逆に、下手な文章で書かれていて、派手な色合いと威勢の良さのせいでパッと熱い反応を返したくはなるものの、そこで止まってしまうものもあります。当初の反応を続けていきたくても、何かが妨げになるようなのです。あるいは、文章が拙いせいで、殴り書きの痕跡やら染みなどがそこここに浮かび上がるばかりで、まるごとそっくり見えてこない、ということもあります。すると、わたしたちは失望の溜息を漏らしながらこう言うのです――〈また失敗作だ。この小説はどこかでしくじっている〉。

もちろん、たいがいの小説はどこかでしくじっているものです。途方もない重圧のせいで、想像力が途中で行き詰まります。洞察に混乱が生じて、真偽の区別がつかなくなります。渾身の力で多種多様な能力をつねに稼働させておかねばならないのに、その力が途中でなくなっています。でもこういうことに、小説家の性別はどう影響しているんだろう？――と、わたしは『ジェイン・エア』その他の作品を見ながら思いました。性別は、女性小説家の〈誠実〉、わたしが作家のバックボーンと見なしている〈誠実〉の何らかの妨げになっているのでしょうか？　『ジェイン・エア』からわたしが引用した場面を考えれば、怒りが小説家シャーロット・ブロンテの〈誠実〉を邪魔しているのは明らかです。彼女はストーリーに全力を尽くすべきときに、個人的な腹立ちに気を取られていました。しかるべき経験が自分には与えられなかったこと、世界中を気ままに放浪したいときに牧師館で靴下を繕ってくすぶっていなくてはならなかったことを、彼女は忘れられませんでした。義憤のせいで彼女の想像力は脱線してしまい、わたしたちも脱線したと感じてしまいます。それに、想像力を妨げてしかるべき道筋から脱線させたのは怒りでしたが、他にも〈誠実〉の妨害になるものはたくさんありました。たとえば無知がそうです。ロチェスター*42の肖像は暗闇で描かれたものです。そこには恐怖の影響があります。抑圧の結果として辛辣になっているのがつねに感じられる一方で、情熱の下で苦しみがくすぶっているのが、素晴らしいはずの作品が怨恨の発作でときおり苦しげに収縮するのがわかります。

また、小説とは実人生とこのように対応関係にあるので、小説において何に価値があるかは、実人生において価値があると考えられているものとある程度同じです。ところが、女性にとって価値があるものは、男性によって価値があると決められてきたものとはしばしば明らかに食い違っています。自然とそうなっています。それなのに、幅を利かせているのは男性の価値観です。大雑把に言ってサッカーなどのスポーツは「重要」で、ファッションに夢中になって服を買うのは「取るに足りないこと」です。そしてこの価値観は人生から小説へと、当然ながら転用されます。批評家はこう決めてかかります。これは戦争を扱っているから重要な本である、これは客間での女性の感情を扱っているから取るに足りない本である、戦闘場面はお店の中の場面より重要である。価値の差異はあらゆるところに、「ふだん思っているより」もっとずっと微妙な形で存在しています。

したがって、十九世紀前半の小説の全構造は、作者が女性であった場合、一途ではいられなかった精神、明快なヴィジョンを持ちながら外部の権威を慮《おもんぱか》って変更を余儀なくされた精神によって作られたのでした。昔の忘れられた小説の頁を繰って、そこにある声のトーンに耳を澄ませば、作者が世の批判と対決しているのがすぐわかります。作者は攻撃的に語っているかと思えば、なだめすかそうとして語っています。自分が「女でしかない」ことを認めているかと思えば、「男と同じくらい優秀」だと抗議しています。大人しく遠慮がちに批判と向き合っていることもあれば、怒りと激しさをもって対決していることもあります。そのどちらであろうと、作者が事柄じたいを考えるべきときに、他のことを考えていたという点では同じです。その本は頭上に落ちてきてしまいます。芯に欠陥があるのです。果樹園に傷のついた小さな林檎がたくさん落ちているように、過去の女性小説家の作品がロンドンの古書店の床のあちこちに転がっている光景をわたしは思い浮かべました。芯に欠陥があったせいで腐ってしまったのです。他人の意見を慮って自分の価値観を変更してしまったのでした。

しかし右にも左にもブレずにいるなんて、過去の女性小説家にとっては困難きわまることでした。あれらの批判すべてを前に、あの完全な家父長制社会の只中にありながら、ビクつかずに自分の見たままのものをしっかり抱えているなんて、たいへんな才能とたいへんな〈誠実さ〉を必要としたに違いありません。ジェイン・オースティンとエミリー・ブロンテだけにそれができたのでした。それがこの二人のもう一つの業績、それも素晴らしい業績です。男性が書くようにではなく、女性が書くように書いたのでした。そのころ小説を書いていた千人の女性のうち二人だけが、あの不滅の教師連中のひっきりなしの忠告、これを書きなさい、あれを考えなさいという忠告を完全に無視したのでした。二人だけがあのしつこい声に耳を貸さなかったのです。ブツブツ小言を並べたり、恩着せがましい調子になったり、威張ったり嘆いたり驚いたり怒ったり、善意に満ちているかのようにも思わせるその声は、仕事熱心すぎる家庭教師と同じで、女性を放っておけずに何かを説き聞かせずにはいられないのでした。エジャトン・ブリッジズ卿がかつてそうしたように、上品でないと困ると苦言を呈してきます〔一〇九頁参照〕。詩の批評に女性批判を持ち込みます。[☆2] 良い作品を書いて賞品、ピカピカ光る何かだと思いますが、そうした賞品が欲しいなら、彼らの考えるところの限度を超えないふるまいをしなければいけないと警告してきます。

その限度について、ある紳士はこう考えておいでです。「……女性小説家は、勇気をもって女性の限界を認めることによってのみ卓越性を目指すべきである」。[☆3] この言葉は見事に全体を総括してくれています。それにみなさんは驚くでしょうけれど、これは一八二八年八月ではなく、一九二八年八月に記された言葉なのです。そう考えてみると、いまでは面白い冗談のように思えるこうした意見も、一世紀前ならはるかに強烈でやかましい山ほどの意見の一例だったのだろうとわかるでしょう――わたしは古い水たまりを掻きまわすつもりはなく、足元に偶然漂ってきたものだけを引用するにとどめますが。一八二八年に冷笑とか叱責とか賞を授けてやろうという約束とか、そのすべてを無視できるとしたら、それはとても猛々しい若い女でなくてはならなかったでしょう。ちょっとした過激派になって、こう考えねばならなかったに違いありません。そうね、でもあのひとたちに文学は買収できない。文学はあらゆる人びとに開かれている。あなたが典礼係だとしても、芝生から追い出されるのはお断り。そうしたいなら図書館全部に鍵をかけてもかまわないけれど、わたしの精神の自由に、あなたが扉も鍵も閂《かんぬき》も取り付けることなんてできやしない。

でも、やる気を削がれたり批判を浴びたりしたことが執筆にどんな影響を与えたにしても——きっと多大な影響だったろうとは思いますが——彼女たち（わたしはまだ十九世紀前半の小説家について考えていました）の直面したもう一つの困難に比べれば、さほど重要ではありませんでした。つまり、考えをいざ紙に書こうとしたときに、自分の背後には伝統が皆無か、あるにしてもまだ短期的で部分的な伝統しかないため、ほとんど役に立たなかったの

☆2 「［彼女には］形而上的な目的があり、そのこだわりは女性には危うい。男性のように修辞学に健全な愛を傾ける女性は稀有である。これは女性という性別の奇妙な欠陥である。他のことにおいても、女性は未発達で物質主義的である」——『ニュー・クライテリオン』[*43]（一九二八年六月号）一六〇頁。

☆3 「女性小説家は、勇気をもって女性の限界を認めることによってのみ卓越性を目指すべきであると、記者と同様に読者の方々も確信しておいでなら（ジェイン・オースティンはこれをじつに優雅に身をもって実践したのだが……）」——『ライフ・アンド・レターズ』（一九二八年八月号）一二一〜二二頁。[*44]

です。というのも、女性であれば母たちをとおして物事を再考するものです。[*45] すぐれた男性作家をいくら読んでも、楽しむためならいいですが、助けを求めるのは無駄です。ラム、ブラウン、サッカレー、ニューマン、スターン、ディケンズ、ド・クインシー[*46]等々のだれであろうと、女性の参考にはなりません――いくつかコツを学んだり、自己流に応用したりはできるとしても。男性の精神の重さや速度や歩幅は、あまりに彼女のものとは違うので、実質のある何かを上手に受け取ることができません。〈勤勉な猿真似[*47]〉をしようにも、あまりに懸け離れているのです。

たぶん紙にペンで書こうとする女性がまずわかったのは、自分に使えそうな共有の文章は存在しない、ということでした。サッカレー、ディケンズ、バルザック[*48]などの名だたる小説家がみんな使っていたのは、気取りのない散文です。即興的であってもぞんざいではなく、表現豊かであっても凝りすぎてはいない散文で、各々の色合いを加えても共有財産としての特色を残していました。彼らはそのころ使われていた文章を下敷きにしたのでした。十九世紀初頭に使われていた文章は、たぶんこんなふうです。「彼らの作品が偉大なのは、立ち止まることなく議論を進めていく点にある。技を駆使して心理と美について果てしない概括を続けることこそ、彼らにとってこの上ない興奮であり、満足だった。努力が成功を呼び、習慣が成功を容易にした」。

これは男性の文章です。背後にジョンソンやギボン等[*49]のひとたちが控えているのがわかります。女性が使うには不向きな文章です。シャーロット・ブロンテは散文を書く見事な才能がありましたが、この扱いにくい武器を両手で握り締めたまま、よろめいて転んでしまいました。ジョージ・エリオットはこの武器を手に、筆舌に尽くしがたい残虐行為をやらかしました。ジェイン・オースティンはこの武器を見て一笑に付し、自分が使うのにちょうどいい、じつに自然で形の良い文章を編み出して、そこから離れませんでした。こうして、執筆の才能はシャーロット・ブロンテに劣るものの、ジェイン・オースティンは、はるかに多くを語ることができたのでした。実際、自由と豊かな表現こそ芸術の本質なのですから、伝統が存在しないということ、道具の数が限られていて自分には使いづらいということは、女性が書くことに途方もないくらい深刻な影響を与えたに違いありません。

それに、一冊の本とは文章と文章の端どうしをつなぎ合わせて作るものではありません。またイメージの力を借りて言うなら、文章と文章を拱廊《アーケード》やドームの形状に組み合わせて作るものです。そしてこの形状もまた、男たちが自分たちの必要性から、自分たちのために作ったものです。男たちの文章が女性には向かないのと同様、叙事詩や詩劇の形式が女性にふさわしいだろうと考えるいかなる理由も存在しません。女性が作家になるころまでに、文学の中でも古い形式のものは硬化して完成してしまっていました。小説だけがまだ歴史が浅かったため、女性の手に柔軟だったのでした——女性が小説を書いたもう一つの理由は、たぶんこれです。

しかし、現在においても「小説＝新奇なもの《ノヴェル》」（「　」でくくったのは、この言葉がぴったりだとはわたしが思っていないしるしです）、あらゆる形式の中でもいちばん柔軟なこの形式は、女性の用途にぴったり合っていると本当に言えるのでしょうか？　今後女性が手足を自由に使えるようになったら、自分が使いやすいように叩いて形を整えることでしょう。そして自分の中の詩情を表現するために、必ずしも韻文ではない新しい媒体として使うでしょう。というのも、詩情にはいまなお表現手段が与えられていません。現代の女性はどうやって五幕の詩劇を書くだろう——とわたしは思いました。韻文を使うでしょうか？　むしろ散文を使うのではないでしょうか？

しかし、これらの難問は未来の薄明の中にあるものです。これらの問題は措《お》いておきましょう。さもないと、わたしは夢中になって考えるあまり本題から脱線してしまい、人跡未踏の森の中で迷子になり、野獣に貪り食われるのがオチでしょうから。〈文学《フイクション》の未来〉などという暗い話題をわたしは出したくありませんし、みなさんもわたしにそんなことはお望みではないでしょうから、わたしはここで一瞬だけ立ち止まって、女性に関するかぎり、未来には身体的条件がものをいうだろうということだけ言っておきたいと思います。書物というものは何らかの形で身体に合っていなくてはなりません。したがって当てずっぽうに言わせてもらうなら、女性の本は男性の本よりも短くなくてはならず、男性の本より凝縮した内容で、何時間も中断なくじっくり取り組まなくても書き上げられるように構成されねばなりません。というのも、これからも中断はいつだって入るでしょうから。

それに、脳に作用する神経も男女で異なるようですから、神経をもっとも効率的かつ最大限に使いたいのであれば、どう使えばいいのかを考えねばなりません。たとえば何時間も講義にまた講義が続くようなやり方は、何百年も昔にたぶん修道士が編み出したものですが、女性の神経に合っているのでしょうか？　仕事と休息のどんな組み合わせがいいのでしょうか？　休息といっても何もしないのではなく、何か仕事とは違うことをするのですが、その違いはどんな性格のものであればよいでしょうか？　このすべてを検討して答えを見つけねばなりません。このすべてが〈女性と小説〉という問題に含まれるものです。でも――と、わたしはまた本棚に近づきながら続けました。女性による女性心理についての綿密な研究はどこにあるのでしょうか？　サッカーができないなら女性は医者になってはならぬ、と言うのなら——。

わたしの考えがまた別の方向に向かったのは幸いでした。

第五章

こうしてとりとめなく考えてきましたが、最後にとうとう現代のひとたちの本を並べた棚まで来ました。男性の本も女性の本もあります。男性とほとんど同数くらいの本を、女性も書いています。いえ、それがあまり正確ではなく、男性のほうがいまなお饒舌な性だとしても、女性がもはや小説だけを書いているわけではないのは確かです。ジェーン・ハリソン[*1]が古代ギリシャに関する考古学の本を書いています。ヴァーノン・リー[*2]が美学の本を書いています。ガートルード・ベル[*3]がペルシャ〔現イラン〕に関する本を書いています。一世代前の女性ならだれも手をつけなかったであろう、ありとあらゆる主題の本があります。詩も劇も批評もあります。歴史も評伝も旅行記も、学識と調査に裏打ちされた本もあります。哲学や科学や経済の本もわずかながらあります。まだ主流は小説ですが、さまざまな種類の書物とのつながりのおかげで、小説にも変化が生まれたことでしょう。生《き》のままの素朴さ、つまり女性文学の叙事詩時代はもう終わったのかもしれません。ものを読んだり批評を受けたりすることで、女性小説家の幅は広がり、繊細さも増したかもしれません。自伝への衝動を使い切り、執筆を自己表現としてではなく、芸術として用いるようになったかもしれません。新しい小説をどれか読めば、こういう疑問への答えが見つかるかもしれません。

わたしは適当に一冊選んで取り出しました。棚のいちばん端にあった、メアリー・カーマイクルの『人生の冒険』*4とかいうタイトルの本で、この十月に出版されたばかりです。彼女の第一作みたい——とわたしは思いました。でもわたしはこの本をかなり長いシリーズの最終巻、ウィンチルシー伯爵夫人の詩やアフラ・ベーンの劇や四大小説家の小説などの他の本からの続きとして読まねばなりません。わたしたちは書物を別々に判断しがちですが、書物には連続性があるものです。そしてまた、この女性、わたしの知らないこの女性を、これまで状況を見てきたすべての女性たちの後継者と見なして、先輩たちの特徴や限界の何を彼女が譲り受けているのか、判断しなくてはなりません。そこでわたしは溜息をつきました。小説というものは解毒剤というよりは安定剤になることが多く、赤々と燃え盛る松明《たいまつ》を掲げて目覚めさせてくれるというより、鈍いまどろみへと誘い込むことが多いからです。わたしはノートと鉛筆を持って座り込み、メアリー・カーマイクルの第一作『人生の冒険』から何が読み取れるのか、見てみることにしました。

最初に、わたしは頁の端から端まで目を走らせました。まずは彼女の文章のコツを摑もう――と、わたしは呟きました。頭の中を青い瞳と茶色の瞳と、おそらくはクロエとロジャーの恋愛の成り行きのことでいっぱいにするのは、それからでも遅くないでしょう。彼女が手にペンを持っているのか、それとも鶴嘴《つるはし》を手に叩き壊そうとしているだけなのか、まず見極めたほうがいいと思ったのです。そこでわたしはセンテンスを一つか二つ、舌先で転がしてみました。すぐに何かが通常とは異なることがわかりました。センテンスからセンテンスへのなだらかな運びが中断されています。何かがむしり取られ、擦られる音がします。こちらの一語、あちらの一語が光って目に飛び込んできます。昔の劇で言うように、彼女は自分から「手を離して」[*5]います。火のつかないマッチ棒を擦っているひとみたい――と、わたしは思いました。

わたしは彼女が目の前にいるように尋ねてみました――でもどうしてジェイン・オースティンの文章だと、あなたにはぴったり来ないの？　エマとウッドハウス氏[*6]が死んだからといって、全部お払い箱にしないといけないの？　ああ、しないといけないのね――わたしは溜息をつきました。ジェイン・オースティンが一つの旋律から別の旋律と変化していく様子は、まるでモーツァルトが一つの歌から別の歌へと移り変わっていくようでした。ところがこの文章を読むと、まるでボートで大海に漕ぎ出したみたいです。急上昇、そして急下降。こんなにも簡潔、こんなにも息が短いのは、何かが怖い、たぶん「感傷的」と言われるのが怖いのでしょう。あるいは女性の文章は華美だと評されてきたのが記憶に残っていて、無理に刺々しくしようと努めているのかもしれません。でも一つの場面全体を注意して読んでみないと、彼女が自分自身でいるのか、それとも他のだれかになっているのかは判断できません。いずれにしても眠くなったりはしないな——と、わたしはもっと丹念に読むように努めながら思いました。しかし彼女は事実を積み上げすぎています。このサイズの本ならその半分も使いこなせないでしょう（『ジェイン・エア』の約半分の長さでした）。それでも何とかして彼女は全員を——ロジャー、クロエ、オリヴィア、トニー、ビガム氏を——カヌーに乗せ川を遡らせ、わたしたちと引き合わせました。ちょっと待って——と、わたしは椅子の背にもたれました。先を読む前に、全体についてもっとじっくり考えてみたい。

わたしは思いました——たぶん間違いなく、メアリー・カーマイクルは読者に何か仕掛けようとしている。というのも、わたしはスイッチバック式の鉄道[*7]に乗ったときのような心地だったのです。車両が降りていくのかと思っていると、またグイと急上昇を続けます。メアリーは予想される物語展開に手を加えています。彼女はまずセンテンスを破壊し、いま展開も破壊してしまいました。いいでしょう、彼女はこのどちらをも行う権利があります。ただし破壊のためでなく創造のためにやっているのであればの話で、そのどちらなのかは彼女がクライマックスに差しかかるまで決められません。わたしは呟きました――クライマックスをどんなものにするかも、自由に選んでかまわない。そうしたいのなら缶詰と古ぼけたヤカンを使ってもいい。でもそれがクライマックスだとわたしに納得させないといけない。クライマックスを拵えたらしっかり向き合い、跳躍しないといけないのよ。

そして、彼女が作者としての義務を果たすのであれば、自分も読者としての義務を果たさねばと心に決めて、わたしは頁を繰って読みました……。唐突に中断してすみません。男の方はいらっしゃいませんね？　あの赤いカーテンの後ろにシャルトル・バイロン卿[*8]が隠れてはいないと、誓っていただけますね？　たしかにここには女性しかいませんね？　それならわたしがそこにどんな言葉を見つけたかを教えましょう。「クロエはオリヴィアが好きだった……」。びっくりしないでください。赤面してはいけません。女性だけの場ですから、こういうことも時折あると認めましょう。時折、女性は女性を好きになるものです。[*9]

「クロエはオリヴィアが好きだった」と、わたしは読みました。そして、どれほどまでに壮大な変化が起きたかに気づきました。たぶん文学において初めて、クロエはオリヴィアを好きになったのです。クレオパトラはオクタヴィアが好きではありませんでした。もし好きだったら、『アントニーとクレオパトラ』[*10]はまったく別物に変わっていたでしょう。『人生の冒険』から少し離れてしまって申しわけないですが、わたしはいろいろ思いを巡らせました。あのとおりクレオパトラがオクタヴィアを好きではなかったから、作品全体が単純化され様式化されてしまった――思い切って言わせてもらうと馬鹿馬鹿しいくらいに。クレオパトラのオクタヴィアへの感情ときたら、嫉妬しかありません。身長はわたしよりも高いかしら？どんな髪型なのかしら？　たぶん劇はそれ以上を必要としていなかったのでしょう。でも、二人の女性の関係がもっと複雑だったら、劇はどんなにもっと面白くなっていたでしょう。架空の女性たちのきらびやかな顔ぶれをめまぐるしく思い返しながら、わたしは思いました――女性どうしの関係がどれも単純すぎる。じつに多くのことが、試みられることもなく省略されている。

わたしはこれまで読んできた書物を思い返して、二人の女性が友人どうしとして書いてあるものはなかったかと考えました。『十字路邸のダイアナ』[*11]では試みられています。もちろんラシーヌとギリシャ悲劇[*12]では、女性が女性の相談相手になっており、それが母と娘であることもしばしばです。しかしほとんど例外なく、彼女らは男たちと関係づけられて描かれています。考えてみれば不思議なことですが、ジェイン・オースティンの時代まで、文学上の名高い女性といえば男性の描いたもので、しかも男性との関係によってのみ眺められていたのでした。それは女性の人生全体からすればほんの一部にすぎません――その一部にしたところで、異性という黒眼鏡ないし色眼鏡をかけて見ていたのでは、そのまたごくわずかな一部しかわかりません。たぶん、文学上の女性が特異な性質を持っているのは、そのせいかもしれません。極端に美人だったかと思うと、極端に残忍だったり、天国のような善と地獄のような悪を行き来したりします――恋する男性とは、恋の浮き沈み、うまくいっているかそうでないかに応じて、相手の女性への見方をそのくらい変えるものなのでしょう。もちろん、十九世紀の小説家にこれは当てはまりません。十九世紀小説の中では、女性ははるかに多彩で複雑です。実際、たぶん女性について書きたいという願望が募ったからこそ、男性たちは詩劇は激しすぎると感じて使わなくなり、もっとふさわしい器として小説を考案したのかもしれません。とは言っても、プルーストの作品においてもなお、男性は女性についての知識を阻まれ、部分的にしか女性のことを知らないのは明らかです――同じように、女性も男性についての知識を阻まれ、部分的にしか知らないのですが。

それに——と、わたしは頁にふたたび目を落として続けました。女性の関心はいつも家庭的なことだけにあると思われてきたけれど、男性と同じように、それ以外にも関心があることがわかってきている。「クロエはオリヴィアが好きだった。二人は実験室をいっしょに使っていた……」。わたしは続きを読んで、この二人の女性は肝臓を細かく刻む作業にとりかかっていることを知りました。それは悪性貧血の治療薬になるようです。うちひとりは既婚者です。——こう申し上げてもかまわないと思いますが、幼い子も二人います。もちろん、こういうことはいままですべて省略されてきました。それゆえに、文学上のきらびやかな女性像はあまりに単純で、そしていつも代わり映えしないのです。

考えてもみてください。文学の中で男性が女性の恋人としてしか表象されず、他の男性の友人ということもなければ、兵士でも、思想家や夢想家でもないとしたらどうでしょう?シェイクスピア劇でも、男性たちに割り当てられる場面は数えるほどしかなくなってしまいます。文学は甚大な損害を受けることになります。たぶんオセローはだいたいそのまま、アントニーもかなりそのまま行けるとしても、シーザーもブルータスもハムレットもリア王もジェイクイズ[*13]も存在しないことになり、文学はおそろしく貧弱になってしまいます。そしてそれくらい、女性の前で幾度となくドアが閉ざされることによって、文学は実際計り知れないくらい貧弱になっているのです。女性が望まない結婚をさせられ、ただ一つの部屋でただ一つの職業に縛りつけられているというときに、どうやって劇作家に彼女の全貌を描いたり、面白く描いたり、真実に迫った形で描くことが可能でしょうか？　愛によってのみ、彼女を理解できるように思えたのでした。劇作家は詩人となり、情熱を込めて愛を語るか、苦々しげに愛を語るかしかできませんでした。あるいは「女性を嫌悪する」こともできましたが、これはしばしばご本人が女性にもてない場合の選択でした。

さて、もしクロエがオリヴィアを好きで、二人が同じ実験室で仕事をしているなら（このため二人の友情は個人的な関係を越え、変化しながら続いていくでしょう）、もしメアリー・カーマイクルが書き方を心得ているなら（わたしは彼女の文体の特徴を好ましく思い始めていました）、もし彼女に自分ひとりの部屋があるなら（わたしは確信が持てませんが）、もしも彼女に年収五百ポンドがあるのなら（それもわかりませんが）――もしもそうなら、きわめて重大なことが起きていると考えられます。

というのも、もしもクロエがオリヴィアを好きで、メアリー・カーマイクルがそれを表現するすべを心得ているのなら、彼女はだれも足を踏み入れたことのないあの大きな部屋で、松明を掲げることになるからです。そこは、半分は明るく照らされるものの、あとの半分には濃い影が落ちています。まるでロウソクを手に曲がりくねった洞窟に入って、どんなところに入ったのかわからないまま、ロウソクを持つ手を上げ下げしているときのようです。わたしはまた本を読み進めました。クロエが見ている前で、オリヴィアは棚に瓶を置いて、時間だから子どもたちのところに帰らなきゃ、と言います。これは世界が始まってこのかた、見たことのない光景だ——とわたしは叫びました。そしてまた、わたしは興味津々で見守りました。女性だけのとき、男性によって勝手に色づけされた光に照らされていないとき、女性はいまもって記録されたことのないようにふるまい、いまもって語られたことのない、あるいは半分しか語られたことのない言葉を口にするものです。天井に止まった蛾の影くらいかすかな形しかなしていないそれらを、メアリー・カーマイクルがどうやって捕まえにかかるのか、わたしは見たいと思ったのでした。

もし捕まえたいのなら、息を潜めてね——と、わたしは読み進めながら言いました。女性たちは動機のはっきりしない関心を向けられることに敏感で、隠したり抑えたりするのはすっかり慣れっこになっているので、自分たちを観察している目が瞬きしただけでどこかに行ってしまうからです。わたしはメアリー・カーマイクルが目の前にいるかのように、心の中で話しかけました。捕まえたかったら、窓の外を見やりながら何か別のことを話しているしかないのよ。そうしておいて、ノートに鉛筆ではなく、何かいちばん時間のかからない速記法で、まだほとんど音節にもなっていない言葉を使って書き留めないといけない――オリヴィアというこの数百年間岩陰に隠れたままだった生命体が、自分の上に影が落ちてくるのを感じ、知識や冒険や芸術などのなじみのないものが近づいてくるのを見るとき何が起きるのかを。メアリー・カーマイクルはたしかにそこに生起しようとしているものを捕まえようと手を伸ばしていると、わたしはまた頁から目を上げて思いました。彼女は手持ちの資源、別の用途のために高度に発達させてきたさまざまな資源を、まったく新しく組み替えないといけない。そして果てしないほど複雑に絡み合った微妙な全体のバランスを壊さないように、新しいものと古いものを合体させないといけない。

でも、どうしたことでしょう。わたしはやるまいと心に決めていたことをやってしまいました。同性をうっかり褒めてしまったのです。「高度に発達させてきた」「果てしないほど複雑に」というのは間違いなく褒め言葉ですし、同性を褒めるというのはつねに怪しまれる行為であり、多くの場合、愚行にすぎません。それに、女性は褒めるに値するとどうしたら証明できるでしょうか？ 地図を広げ、アメリカを発見したコロンブスは女でしたと言うわけにもいきませんし、林檎を手に取って万有引力の法則を発見したニュートンは女でしたとか、空を見上げて、飛行機が飛んでいます、飛行機を発明したのは姉妹でした、と言うわけにもいかないのです。

女性の正確な背丈が計れるような刻み目は、壁についてはいません。良き母としての特質、娘としての献身、妹としての忠誠、女中頭としての能力が計れるような、一インチずつ刻み目のついた一ヤード尺は存在しません。現在なお、大学で成績をつけてもらった女性はほとんどいません。専門職に就くための試験、陸軍・海軍・商業・政治・外交などの世界に入るための試験で、女性が評価されたことはこれまでほとんどありません。いまなお女性はほとんど未分類のままなのです。ところが、たとえばホーリー・バッツ卿〔おそらく架空の人物〕についてひとが教えてくれそうなことはすべて知りたいと思ったら、『バーク貴族名鑑』ないし『デブレット貴族名鑑』[*14]を開けばよいのです。そうすれば、卿はこんな学位を取得した、邸宅を所有している、後継者となる息子がいる、どこそこの省の大臣を務めた、カナダ総督になった、学位や役職や勲章などの栄誉を合計いくつ授与された、とわかり、卿の業績ははっきり確定します。ホーリー・バッツ卿についてそれ以上の知識を得たければ、あとは神のみぞ知る、というわけです。

しかるに女性は「高度に発達させてきた」とか「果てしないほど複雑」と申し上げたとしても、『ホイッテッカー年鑑』[*15]『デブレット貴族名鑑』『大学要覧』などを使ってそのことを証明することはできません。このような困った事態にはどうすればいいでしょうか？　わたしはまた本棚を見ました。伝記があります――ジョンソン、ゲーテ、カーライル、スターン、クーパー、シェリー、ヴォルテール、ブラウニング[*16]、その他たくさんの男性の伝記が。わたしは考え始めました。この偉大な男性たちはすべて、さまざまな理由から、異性のだれかを尊敬したり、探し求めたり、いっしょに住んだり、悩みを打ち明けたり、愛を交わしたり、信頼を寄せたり、その女性について文章を書いたりしている。全員が特定の女性を必要としていた、依存していた、としか表現できないものを示している。

これらの関係のすべてが完全にプラトニックなものだったとは言えないでしょうし、ウィリアム・ジョインソン＝ヒックス卿[*17]もたぶん否定されるでしょう。でも、女性たちとの交流から慰めとかお世辞とか肉体の快楽だけを手に入れていたと主張するなら、これらの名高い男性陣をあまりに不当に扱うことになります。明らかに、彼らは同性からは得られないものを手に入れていました。それは何かの刺激、異性だけが授けることのできる贈り物で、何か創造力を刷新させるようなものだったと、詩人たちの高揚した言葉を借りなくても、こう定義していいでしょう。

わたしは想像してみました。男性が、居室か子ども部屋かのドアを開けて、女性がたぶん子どもたちに囲まれているか、座って刺繡をしているところを――いずれにしても生活の何か異なる秩序ないし体系の中心にいるのを――見たとします。するとその世界と彼自身の世界、たとえば法廷とか庶民院の世界との対照から、彼はただちに新鮮な気分になり元気づけられるのです。そして簡単な会話を交わせば、意見が自然と異なっているため、乾いた考えも新たに潤います。自分とは異なる手段で女性が創造しているのを見ると、彼の創造力は活性化し、乾いた精神も気づかないうちに活動を再開して、彼女に会おうと頭に帽子を乗せたときには見つからなかったフレーズや場面が見つかります。すべてのジョンソン博士には一人ずつスレイルがいて、[*18] 博士が彼女を摑んで離さないのはそういうわけなのです。スレイルがイタリア人音楽教師と結婚しようものなら、博士は憤怒と嫌悪で気も狂わんばかりになりますが、それはたんにストリーサムでの楽しい夕べがなくなるというだけではなく、人生の光が「消えてしまったかのように」なるから痛恨の極みなのでした。[*19]

そして、わたしはジョンソン博士でも、ゲーテでもカーライルでもヴォルテールでもありませんが、これらの偉大な男性陣とはたいへん異なる形で、女性たちのこの〈複雑〉な性質、そしてこの〈高度に発達させてきた〉創造力を感じ取れそうです。わたしは部屋に入ります――でも女性が部屋に入ったときに何が起きるかを報告するためには、英語の持っている資源を最大限に押し広げ、言葉を違法なまでに羽ばたかせなくてはなりません。部屋はそれぞれまったく違っています。静かな部屋もあれば雷鳴とどろく部屋も、海に面した部屋もあれば、刑務所の構内に面した部屋もあります。洗濯物の干してある部屋も、オパールと絹で艶やかな部屋も、馬の毛のように硬い部屋も、羽毛のように柔らかい部屋もあります。ともあれどの街のどの部屋に入ろうと、その途端、女性性《フェミニニティ》はその複雑きわまりない勢いのすべてをもって、全力で顔にぶつかってくるでしょう。全力でぶつかってくる以外、ありうるでしょうか？　数百万年このかた、女たちは室内でずっと座りっぱなしでした。その創造力は四方の壁に浸透し、実際レンガやモルタルを崩しそうになっているため、ペンや絵筆やビジネスや政治に振り向ける必要があるくらいです。しかしこの創造力は、男性の創造力とはたいへん異なります。それなのに、それが妨げられ捨てられてしまうとしたら、じつに残念なことと言わねばなりません。女性の創造力は何世紀ものもっとも徹底した訓練をとおして勝ち取られたものであり、その代用となるものは他にはないのです。

もし女性が男性と同じように書き、男性と同じように生き、男性と同じような外見になったとしたら、それもじつに残念なことでしょう。世界の広さと多様性を考えれば二つの性別だけではきわめて無力だというのに、一つの性別だけでどうしてやっていけるでしょうか？教育とは、同一性ではなくて差異を引き出して鍛えるべきではないでしょうか？　わたしたちは現状ではあまりに似通っています。もしも探検家が、別の木々の枝の隙間から別の空を見上げている、わたしたちとは異なる性別のひとたちの言葉を持ち帰ってくれるなら、人類へのそれ以上の貢献はないでしょう。おまけに、X教授がご自分の優越性を証明すべく、ご自分の物差しめがけて全力疾走する、という光景を見物するお楽しみにも与れるわけです。

まだ本の頁から少し身を離したまま、わたしは考えました。メアリー・カーマイクルはたんに観察するだけでも目一杯やることがある。その結果、彼女は小説家の中でもあまり面白くないほうの一派、つまり自然主義小説家になってしまい、瞑想派にはならないかもしれません。観察すべき新事実は、じつにたくさんあります。もう上位中流階級《アッパーミドル》の堅実な家庭だけに自分を押し込めておく必要もないでしょう。親切ぶったりへりくだったりせず、仲間意識を持って、高級娼婦や下級娼婦や小犬を抱いたご婦人の座る、香水の匂いのする小部屋に入っていくでしょう。そこで彼女たちは男性作家が強引に肩に乗せた、不恰好な既製服を身にまとい、じっと座っています。しかしメアリー・カーマイクルはハサミを取り出して、体のあらゆるくぼみや角度にぴったり合うように身なりを整えてくれるでしょう。彼女たちの率直なふるまいが見られるとしたら、きっとそれは面白い光景に違いありません。でもわたしたちは少し待たねばなりません。というのも、メアリー・カーマイクルも「罪」の前ではあの自意識に、わたしたちの性の蛮習の名残に、まだ囚われてしまうかもしれません。彼女の足には、古い階級意識の足枷がまだはめられているかもしれません。

とはいえ、女性の大多数は高級娼婦でも下級娼婦でもありませんし、埃っぽいヴェルヴェットのドレスをまとい小犬をぎゅっと抱き締めて、夏の午後を過ごしているわけでもありません。でも、それなら女性たちは何をしているのでしょうか？　すると私の心の目には、テムズ川南岸のどこかの細長い街路が映りました。街路沿いに無数に立ち並んだ長屋には、大勢の人びとが住んでいます。想像していくと、たいへんお年を召したご婦人が、たぶん娘であろう中年女性の腕にもたれて街路を横断していくのが見えます。二人ともきちんとブーツを履いて毛皮のコートを着ており、午後にそうして正装するのが二人の習慣で、毛皮のコートは毎年夏のあいだは衣装簞笥に樟脳といっしょにしまっておくようです。二人が街路を横断したのは街灯に明かりが灯されようとしているときで（黄昏時は二人のお気に入りの時刻でした）、おそらく毎年そうしてきたに違いありません。

老婦人は八十歳近くになっています。でも、もしどんな生涯を送っていらっしゃいましたかと尋ねたら、バラクラヴァの戦いのときには街灯に明かりが灯りましたねえ、エドワード七世誕生のときにはハイドパークで祝砲が鳴ったのが聞こえましたよ、と言うでしょう。[*20] さらに日付や季節を確かめたくて、でも一八六八年四月五日とか一八七五年十一月二日には何をなさっていましたかと尋ねれば、ぼんやりした顔になって何も覚えていません、と言うでしょう。だって料理はみんな作ってしまいました。お皿もカップも全部洗ってしまいました。子どもらは学校にやり、そしてみんな世の中に出て行きました。まったく何も残ってはおらず、すべては消えてしまいました。伝記も歴史も、何も語ってはくれません。だから小説はそのつもりはなくても、嘘をつく他はないのです。

限りなく目につきにくいこういう生涯のすべてが、まだ記録されていないのよ——と、わたしはメアリー・カーマイクルが目の前にいるように話しかけました。そして想像の中でロンドンの街路を歩き、無言の圧力、いまだ記録されざる生涯の集積を感じました。その力は、街角で両手を腰に当て、太って腫れぼったくなった指に指輪を食い込ませて、シェイクスピアの台詞の抑揚そっくりに身ぶりを交えて話をしている女たちから来るのかもしれません。はたまた、その力は玄関前の階段の下に陣取っている、花売りやマッチ売りや老女たちから来るのかもしれません。あるいは、行き交う若い女性たちから来るのかもしれません——波が日なたで輝き、日陰で翳るように、彼女たちの表情は待ちびとの訪れに合わせて変わったり、店のウィンドウの点滅する光を反射したりしています。

このすべてをあなたは探究しないといけないのよ、松明を高くしっかり掲げてね——と、わたしはメアリー・カーマイクルに言いました。まずは何よりあなたの魂を、深遠なところも軽薄なところも、自惚れたところも寛大なところも含めて隅々まで照らしてみないといけない。あなたの美醜があなた自身にとってどんな意味を持つのかを言わないといけない。そして手袋や靴などの服飾品がゆらめく、このつねに変化と回転を続ける世界と、あなたがどんな関係を結ぶのかを言わないといけない。人工大理石のフロアの上に、服地が何列にもわたって陳列してあり、向こうの薬局から漂うかすかな香水の匂いが抜けていきます。というのも、想像の中でわたしは店に入ってみたのです。白黒の市松模様のフロアには色とりどりのリボンが垂れ下がり、はっとするくらい綺麗でした。メアリー・カーマイクルなら通りすがりに見て行くだろうな——とわたしは思いました。アンデス山脈の雪の山頂とか岩だらけの峡谷と同じくらい、描写してみたくなる光景だったからです。カウンターの後ろには若い女店員がいます。わたしは彼女の偽らざる身の上が知りたくなりました——Z老教授のようなひとたちが現在とりかかっている、ナポレオンの百五十冊目の伝記とか、キーツにおけるミルトン風倒置法[*21]の使用についての七十番目の研究を読むよりも。

そしてわたしは忍び足になり、細心の注意を払いながら呟きました（以前わたしは肩に鞭を食らいそうになったことがあるので、臆病にもビクついていたのです）。メアリー・カーマイクルは恨みがましい気持ちを一切込めず、男性の虚栄心――怒らせないように、男性の特性と言い換えてもいいですが――を笑い飛ばせるようでなくてはなりません。というのも、だれだって後頭部に自分には見えない一シリング大の脱毛症[*22]を抱えているものです。一方の性別がもう一方の性別のために果たしうる素晴らしい任務の一つが、この後頭部の一シリング大の脱毛について説明してあげることとです。女性がどれだけユウェナリスの評言やストリンドベリの批評[*23]のおかげを被っているか、考えてみましょう。有史以来、女性の後頭部にはその暗い一点があると、男たちはどんなに慈悲深さと明晰さを発揮して、教えてきてくれたことでしょう！

もしメアリーがとても勇敢でとても率直なら、彼女は男性の背後に回ってそこで見つけたものをわたしたちに教えてくれるでしょう。女性がその一シリング大の脱毛について説明してはじめて、男性の本当の全体像が描けます。ウッドハウス氏とカソーボン氏[*24]はまさに一シリング大の脱毛部分そのものです。もちろん、軽蔑せよ、嘲笑せよと、そうメアリーに勧めているのではありません——そんな精神で書かれたものがいかに不毛か、文学は教えてくれています。真実を語ってください、とわたしは言いたいのです。そうすればその結果は驚くほど面白いものになります。喜劇が豊かになるでしょう。新事実が見つかるでしょう。

そろそろ、目を下に向けてまた頁を繰ってもいいころです。メアリー・カーマイクルが何を書くだろうか、どう書くべきだろうかなどと推測を重ねるよりも、彼女が実際にどんなことを書いたのかを目で確かめたほうがいいでしょう。それでわたしはまた読み始めました。そういえば、わたしは彼女に不満がいくつかありました。ジェイン・オースティンの文章を破壊してしまい、わたしの完璧なまでのセンスの良さ、違いのわかる耳の良さを自慢したかったのに、そのチャンスを与えてくれませんでした。二人の作家は全然似ていないので、「そうだ、これはとても良い。でもジェイン・オースティンはもっとうまく書いていた」なんて言っても仕方がありません。そしてさらにメアリーは展開を——予想される秩序を——破壊してしまいました。たぶん、女性が女性として書くときそうするように、彼女はそれと気づかないまま、ただ物事に自然な秩序を与えたくて破壊したのでしょう。

でもその結果、いくらかまごつくことになりました。波の高まりや危機の訪れが見えてこないのです。だからわたしは自分の奥深い感情とか、人間の心についての深遠なる知識を見せびらかすことができませんでした。というのも、愛とか死について、わたしがお決まりのところでお決まりのことを感じようとするたびに、この悩ましいメアリー・カーマイクルというひとは、重要なところはもう少し先ですというようにわたしをグイと引っ張るのです。そのため、わたしは「基本的な感情」「人類共通のもの」「人間の心の奥深さ」などの朗々とした語句をひねり出せませんでした。こうした語句のおかげで、〈我々は、いくら表面的には才気走ったふりをしていても、一枚剝けばいたって真剣で、懐は深く、人間的なのである〉と信じていられるのですが、彼女のせいでわたしはまったく逆のことを考えました。つまり、かなり魅力のない考えではありますが、わたしは真剣で懐が深くて人間的というどころか、たんに怠惰な精神の持ち主で、おまけに型にはまっているだけかもしれない、と思わされたのです。

しかし、わたしは読み進めるうちに他の事実にも気づきました。彼女は「天才」ではありません――それは明らかです。彼女の偉大な先輩たちであるウィンチルシー伯爵夫人、シャーロット・ブロンテ、エミリー・ブロンテ、ジェイン・オースティン、ジョージ・エリオットにあったもの、つまり自然愛、炎のような想像力、生のままの詩情、才気溢れる機知、思い悩んだ末に生み出された知恵は、彼女にはありません。ドロシー・オズボーンのような旋律と威厳をもって書くこともできません。メアリーは利口な若い女性にすぎず、作品は十年もすれば間違いなく、出版社によって断裁されてしまうでしょう。

ただそうだとしても、彼女よりはるかに才能のある女性ですら、ほんの半世紀遡っただけで持っていなかったような利点が彼女にはあります。男性はもはや彼女にとっての「反対勢力」ではありません。男性を非難して時間を無駄にしなくていいのです。屋根に登って彼女には許されていないこと、つまり旅行がしたい、経験を積みたい、世界とその性質について知識を得たいと願って、心の平安をズタズタにしなくてもいいのです。恐れや憎しみはほとんど消えていて、その痕跡のみ、自由の喜びをやや誇張気味に示すときや、男性の登場人物を扱う際にロマンティックになるというより、辛辣かつ皮肉っぽくなるときに窺えます。

こうしてみると、彼女は小説家として、かなり素晴らしい利点を初めから享受していることは間違いありません。彼女はたいへん大きく熱い、自由な感受性を持っていて、ごくわずか触れられただけで反応します。新しく植えられたばかりの苗木のように、周囲のあらゆる光景や物音を楽しみます。ほとんど知られていない事物、記録されていない事物の前で、とても微妙で面白い変化をします。小さな事物の上に降り立ち、たぶんそれほど小さくもないのですよ、と教えてくれます。地中に埋められた事物を明るみに出し、どうして埋めておく必要があったのだろうと思わせてくれます。彼女にはぎこちなさがあり、長く続いた家系の子孫が持っているような押し出しの良さ――そのおかげでサッカレーやラムの後継者が書いた言葉は、さっと書いたものでさえ耳に心地良いのですが――はありません。それでも最初の大切な教えは修得したのだと、わたしは思い始めていました。つまり、彼女は女性として書きながら、女性であることを忘れた女性として書いています。そのため彼女の頁は性別が忘れられているときにだけ出現する、あの面白い性的特徴に満ちています。

これはすべて結構です。しかし、いかに豊かな感覚と研ぎ澄まされた知覚を持っていたとしても、はかなく消えてしまうもの、個人的なものから、破壊されずに長く残るような建築物を造り上げねば、すべては無駄になってしまいます。彼女が「クライマックス」に直面するまで待ちましょう、とわたしは言ったのでした。すなわち、手招きして呼び集め、まとめ上げることによって、自分は表面だけをたんに滑っているだけではない、奥まで見通しているのだと、彼女が証明できるときまで待とうという意味だったのです。現在《いま》だ――と、ある時点で彼女は考えるでしょう。現在《いま》なら何も無茶なことをしなくても、このすべての意味が提示できる。そして彼女は開始するでしょう――見誤ることのない加速が起きます。手招きして呼び集めると、記憶の中に、各章で登場してはいたものの忘れかけていた、たぶんきわめて些細な事柄がいくつも浮かび上がってくるでしょう。それらの事柄がそこに現前していることを、だれかに縫い物をさせたりパイプをくゆらせたりさせながら、彼女は可能なかぎりさりげない形で感じさせるでしょう。そして彼女が書き進めるにつれ、読者は世界の頂上まで連れてきてもらい、眼下にたいへん荘厳な光景が広がるのを見せてもらった気分になるのです。

ともかく、彼女はやってみようとしています。試練を前に彼女が身構えるのを見ていると、主教やら首席司祭やら医師やら教授やら家父長やら教育者やらが、彼女に向かって警告と助言を喚きたてている、彼女には気づいてほしくない光景も目に入りました。こっちはきみにはできないし、そっちはやっちゃ駄目だ！　芝生に入れるのは教員《フェロー》と学生《スカラー》だけだよ！　紹介状がないならご婦人は入館お断り！　志高き、おしとやかな女性小説家はこちらへ！　まるで競馬場でフェンスに押し寄せた群衆みたいに彼らは騒いでいるので、彼女が脇目も振らずにフェンスを乗り越えていくのは至難の業でした。

立ち止まって罵ったら負けだからね――と、わたしは彼女に言いました。同じように、立ち止まって笑っても負けになる。ためらって口籠っても駄目。跳躍することだけを考えてねと、まるで全財産を彼女の背に賭けたみたいに、わたしは懇願しました。彼女は鳥のように飛び越えました。でもその向こうにも、またその向こうにもフェンスがあります。手を打ち鳴らす音と喚き声は神経に障りそうだったので、持ちこたえる力があるだろうかとわたしは危ぶみました。でも彼女は最善を尽くしました。メアリー・カーマイクルが天才ではなく、名もない若い女性で、寝室と居室を兼ねた一部屋で最初の小説を書いていて、時間やお金や余暇といった望ましいものも十分にないことを考えれば、そう不味い出来でもないと、わたしは思いました。

あと百年あげよう——と、わたしは最終章を読みながら結論を出しました。そこには〈だれかが客間のカーテンをぐいと引っ張ったために、人びとの鼻とあらわな肩の向こうに、星々の輝く夜空が見えた〉とありました。彼女に自分ひとりの部屋と五百ポンドをあげよう。心にあることを語ってもらい、いま本に詰め込んでいることの半分を除いてもらおう。そうすれば、いつかもっと良い本が書けるはず。メアリー・カーマイクル作『人生の冒険』を本棚の端に戻しつつ、わたしは言いました——あと百年経てば、彼女は詩人になるでしょう。

第六章

翌日、十月の朝の光が、カーテンを開いた窓からいくつもの埃っぽい光線となって差し込んできました。街路からは往来の喧騒が聞こえてきます。ロンドンはまたネジを巻き直そうとしているようです。ロンドンという工場はまた動き出し、機械も稼働を始めたようです。これだけ読書を続けてきたあとだったので、ロンドンが一九二八年十月二十六日の朝に何をしているのか、窓から外を眺めて調べたくなりました。ロンドンは何をしているのでしょうか？　だれも『アントニーとクレオパトラ』を読んではいないようでした。シェイクスピアの戯曲に、ロンドンはまったく無関心なようでした。はたまた小説の未来だとか、詩の死だとか、一般女性が心のうちを十全に表現できるような散文の文体の発展だとかにかけては、露ほどの関心もないようでした――だからといって責めるつもりもないのですが。もし、こういう問題について意見を歩道にチョークで書いておいたとしても、だれもがかがんで読んだりはしないでしょう。だれも気に留めず急ぎ足で歩き、三十分もたてば全部掻き消えてしまうでしょう。

使い走りの少年が通りました。犬を紐で引いた女性が通りました。ロンドンの街路の魅力は、二人として似たひとがいないことです。だれもが各々の個人的な事情に拘《かかずら》っています。仕事中らしく、小さな鞄を下げているひともいます。漫然と歩き、ステッキの先で家々の柵をガタガタ鳴らしていくひともいます。愛想の良いひとが、街路を社交クラブの一室に変えてしまい、手押し車を曳いている男たちに声をかけたり、頼まれもしないのに道案内をしたりしています。霊柩車も通り、道行く人びとは自分の肉体もやがて朽ちていくことをにわかに思い出し、帽子を取ります。恰幅の良い紳士が玄関前の階段をゆっくり降りてきましたが、立ち止まり、ご婦人と衝突しそうになるのを避けました。ご婦人は大急ぎで、何らかの方法で入手した素晴らしい毛皮のコートをお召しで、パルマスミレの花束を手にしています。各人はみんなバラバラ、他人には興味がなく、自分のことだけに拘っているようです。

このとき、ロンドンではよくあることですが、ピタリと人通りがなくなり交通が途絶えました。街路を通るものは何もなく、だれもやってきません。街路の端のプラタナスの木から一枚の葉が落ち、休止と待機のときが訪れました。それは何かの合図のようで、物事に備わっているある力、わたしが見過ごしていた力を指差しているようでした。目に見えない川が角を回って街路を流れ、人びとを渦に乗せて運んでくるようなのです。それはまるで、オックスブリッジの川がボートに乗った男子学生や枯れ葉を運び去ったのと似ていました。いま、その流れが、エナメルのブーツを履いた若い女性を、通りの向こう側からこちら側へと斜めに運んできました。次に、栗色のコートを着た若い男性を運んできました。それから、タクシーも運んできました。そして流れは三者をわたしの窓の真下に集めました。タクシーが停まると、若い男女は立ち止まってタクシーに乗り込みました。タクシーはまるで流れに乗せられたかのように、どこかに向かって滑り出しました。

その光景はごくありふれたものでした。奇妙だったのは、その光景を見ていると、それが整ったリズムに従っているように、わたしには思えたことでした。二人の人間がタクシーに乗り込むというありふれた光景の中に、二人の満足感を伝える力が備わっていたのです。二人の人間が街路をやってきて一点に集まるのを見ると、心の緊張が解けるみたいだ——と、わたしはタクシーが向きを変えて走り去っていくのを見ながら考えました。たぶん、わたしがこの二日間やってきたように、一方の性別だけをもう一方の性別と切り離して考えるのは、努力を要することなのでしょう。心の調和を邪魔します。いま、二人がやってきていっしょにタクシーに乗り込むのを見て、その努力は終わり、調和が戻ったのでした。

心って本当に不思議な器官だ――と、わたしは窓から頭を引っ込めながら思いました。心については何もわかっていないのに、わたしたちは完全に頼り切っている。体が痛いときはそれと明らかにわかる原因があるけれど、どうして心にも分離や対立があるとわたしは感じるんだろう? 「心の統一」というのもどういうことだろうと、わたしは考えました。というのも、心はいつ何時も、何に対しても集中する素晴らしい力を持っており、単一の心の状態などないみたいだからです。たとえば、街路の人びとのことを考えたあとで、彼らから離れて、彼らを見下ろす窓辺の自分自身に注意を向けたりもします。あるいは自発的に、他の人びととといっしょにものを考えることもあります――たとえば集団になって、何かのニュースが読み上げられるのを待っているときがそうです。わたしは執筆する女性は母たちをとおして物事を再考すると言いましたが、心はそのように父たち、あるいは母たちを経由して、物事を再考することもできます。

また女性であれば、急な意識の分裂に驚くことが時折あるものです。ホワイトホール[*1]を歩いているときなど、この文明を生まれつき受け継いでいると思っていたのに、そうではなくて文明の外側に出ていた、よそ者だったと感じて批判的になります。明らかに心はいつも焦点を変えていて、世界をさまざまに異なる視点から眺めています。でもこれらの心の状態の中には、自発的にそうなったとしても比較的不安定なものもあるようです。そうした不安定な状態でいると、無意識に何かを抑圧していることになり、次第にその抑圧も努力を要することになります。しかし、何も抑圧する必要がなく、努力しないで継続できるような心の状態があるのかもしれません。

たぶんこれがそういう状態なのだ——と、わたしは窓辺から離れながら思いました。というのも、男女がタクシーに乗り込むのを見たとき、分割されていた心がまた自然と融合した、とはっきり感じたのです。そう感じた明白な理由は、両性が協力し合うのが自然なことだからでしょう。男女の調和から最大の満足が得られる、もっとも完璧な幸福が生まれるという説に、わたしの本能は深いところで——理屈はつかないとしても——賛同しています。二人がタクシーに乗り込む光景にとても満足したわたしは、体に男女の性別があるように、心にも性別があるのではないかと考えました。完璧な満足と幸福のためには、心の二つの性別にも調和が必要なのではないでしょうか?

それから素人っぽくではありますが、わたしは魂の見取り図を描いてみました。各人の中には、二つの力、すなわち男性の力と女性の力が備わっています。男性の頭脳にあっては男性が女性より優勢で、女性の頭脳にあっては女性が男性より優勢です。通常の安定した状態というのは、両者が調和をなしていて、精神的に協力し合っている状態です。男性でも、頭脳の女の部分が働いてなくてはなりません。女性も、自分の中の男性と交歓がなくてはならないのです。コールリッジは〈偉大な精神は両性具有である〉と述べて、[*2]おそらくこういうことを意味していました。この融合が起きて初めて心は十分に肥沃になり、すべての能力を発揮できます。男の部分しかない精神ではたぶん創造はできず、女の部分しかない精神でも不可能なのです。でも、男性であって女らしいとか、女性であって男らしいというのはどういうことなのか、ここで立ち止まって一、二冊の本を参照したほうが良さそうです。

コールリッジが〈偉大な精神は両性具有である〉と述べたとき、彼は明らかに、女性にとくに同情したがる精神について語っていたわけではありませんでした。女性の掲げる目標を自分のこととして引き受けたり、女性が言おうとしていることを汲み取ろうと努力したりすることではなかったのです。たぶん両性具有の精神は、片方の性別だけの精神と比べると、男女の区別をつけない傾向にあります。コールリッジがたぶん言おうとしていたのはこうです。両性具有の精神は共鳴しやすく多孔質である。何に妨げられることもなく感情を伝達する。無理をしなくても創造的で、白熱していて未分割である。実際、シェイクスピアの精神は両性具有的で、男性であって女らしい精神の一類型でした――シェイクスピアが女性をどう考えていたかはわからないとしても、です。

一方の性別のことだけを、もう一方の性別と切り離して別々に考えたりしない――それが十分に成熟した精神のしるしというのが本当なら、現代ほどこの状態に到達しにくい時代はありません。ここでわたしは現役作家たちの本棚の前に来て立ち止まり、長いことわたしが疑問に思っていたことの根っこにあった事実とはこれなのだろうかと思いました。わたしたちの時代ほど、執拗なくらい性別を意識させられる時代はありません。大英博物館にあった、男たちによる夥しいほどの女性論がその証拠です。間違いなく女性参政権運動[*3]のせいです。きっと運動のせいで、男たちは自己主張への欲求を途方もないくらい駆り立てられたのです。男性という性別とその特徴について、もし挑戦を受けることがなかったら考えもしなかったのに、強調しないわけにはいかなくなったのです。挑戦が黒い婦人帽をかぶった数人の女性たちのみによるものだったとしても、それまで一度も挑戦を受けたことがないのであれば、ひとはやや過剰なくらいに仕返しをするものです。

この本の中で前に見つけた特徴のいくつかは、たぶんそれで説明がつく――と、わたしは

A氏の新しい小説を取り出しました。小説家としてのA氏の活動はちょうど最盛期にあり、書評家の評判もとても良いようです。わたしは本を開きました。実際、男性の文章をまた読むのは心地良いものでした。女性の作品のあとではきわめて率直で、きわめてストレートでした。精神の大いなる自由、気ままな身体、自分への確かな信頼の念が窺えます。この十分に滋養と教養を与えられた自由な精神──一度として妨害も反対も受けたことがなく、生まれたときからどこに伸びていこうと完全な権利を享受してきた精神──に接すると、こちらまで伸びやかな気分になります。

ここまでは素晴らしいのです。しかし、一、二章読み進めたあと、影が頁全体に落ちてきたようでした。それはまっすぐな黒い棒、大文字の「I」〔我《われ》〕のような形の影でした。わたしはこちらに、あちらにと体をひねって、背後の風景を見ようとしました。実際、そこには木があるのか女性が歩いているのか、あまり判然としませんでした。つねに大文字「I」に呼び戻されてしまうのでした。わたしは「I」にうんざりしてきました。この「I」があまりきちんとしていない、というのではありません。正直で論理的、胡桃《くるみ》のように頑丈で、何世紀にもわたる素晴らしい教育に磨き立てられ、素晴らしい栄養を与えられています。わたしはこの「I」を心の底から尊敬し賛美します。そうなのですが──ここでわたしは一、二頁めくり、あれやこれやと探しました。最悪なのは、大文字「I」の影に入ると、あらゆるものが霧のようにぼやけてしまうことでした。あれは木かな？　いいえ、女性です。でも……この女性はまったく体に骨が入っていないみたいと、フィービー、それが彼女の名前でしたが、フィービーが海辺を歩いてくるのを見守りながらわたしは思いました。そしてアランが立ち上がると、アランの影がすぐさまフィービーを搔き消してしまいました。アランには意見があり、フィービーは彼の意見の洪水でずぶ濡れになったのでした。そしてアランには欲望もあると、わたしは考えました。危機迫れりという感じがして大急ぎで頁をめくると、果たしてそうでした。それ〔性行為〕は太陽のもと、砂浜で行われました。じつに公然と為されました。じつに勢い良く為されました。これ以上、淫らなものはないくらいでした。でも……わたしは「でも」を連発しすぎています。「でも」をこれ以上続けてはいけない、言いかけたことは最後まで言わなくてはと、わたしは自分を責めました。こう締めくくることにしましょうか――「でも――わたしは退屈である！」

しかし、どうしてわたしは退屈したのでしょうか？　一つの理由は、大文字「I」が幅をきかせるあまり、まるでブナの大木のように、陰に入るものすべてを荒廃させてしまうからでした。そこからは何も育ちません。そして他にも、あまり目立たない理由がもう一つあります。A氏の精神には、何か障壁、何か障害があって、それが想像力の泉を堰き止め、狭い範囲にしか噴き出せないようにしているようなのです。そして、オックスブリッジの昼食会、煙草の灰、マンクス猫、テニスン、クリスティナ・ロセッティなどをまとめて思い出してみると、たぶん障害はそのあたりにあるのかもしれません。男性はもはや、「大粒の涙が／門の脇の時計草から転がり落ちた」と囁きながら、フィービーが海辺を歩いてくるのを待ったりはしません。女性ももはや、「わたしの心は歌う鳥みたい／瑞々しい若枝に巣をかけたの」と答えつつ、アランの来訪を待ちはしません。男性に何ができるでしょう？　白昼のように正々堂々としており、太陽のように論理的な彼にできることはたった一つでした。そこで彼はそれ〔性行為〕を為したのでした——正確を期すなら、一回、二回、〔頁を繰って〕さらにもう一回。そしてそれが、告白というものの持っている嫌な性質に気づいていたわたしにとっては、どうにも退屈に思えたのでした。シェイクスピアも〈淫ら〉なことがありますが、それによって受け手の心のいくつもの他の事柄が同時に掘り返されるので、ちっとも退屈ではありません。それにシェイクスピアは愉《たの》しみのためにやります。A氏は、子守りの女性の言い回しを借りれば〈わざと悪《ワル》ぶっている〉のです。A氏は抗議のつもりでやっています。男性の優越性を主張することによって、女性も対等という考えに抗議しているのです。だから妨害され抑制されて自意識過剰です――シェイクスピアだってミス・クラフやミス・デイヴィス[*4]を知っていたらそうだったでしょう。女性運動が十九世紀でなく十六世紀に始まっていたら、間違いなく、エリザベス朝の文学はまったく違うものになっていたでしょう。

つまり、心には二面性があるという説が正しいとすれば、男たちはいまや自意識過剰になってしまい、男性側の頭脳だけを使ってものを書いているようです。そうやって書かれたものを女性が読むのは間違いというものです。そこにないものをどうしても探してしまいますから。いちばん残念なのは連想させる力がないこと――とわたしは思いながら、批評家B氏の本を手に取り、詩の技巧についての氏の評言を丹念に読みました。評言はたいへん良くできていて鋭く、学識に富んでいることもわかります。しかし問題は感情が伝わってこないことです。心が二つの小部屋に分離しており、物音一つ、一方の小部屋からもう一方の小部屋に伝わってきません。そのためB氏の言葉を心で受け止めようとしても、ボトンと落ちておしまいです。しかしコールリッジの言葉は、心で受け止めると弾けて、その他のありとあらゆる想念を生み出します。永遠の生命という秘密を備えていると言えるのは、その種の文章だけなのです。

ともかく、理由がどうあろうと、〔男性が男性側の頭脳だけ使っているのは〕嘆かわしい事実です。というのも――わたしはゴールズワージー氏やキプリング氏[*5]の本が並んでいる棚の前に来ていました。現在の最高の作家による極上の作品も、まったく理解できないのです。それらの作品には永遠の生命の泉があると、いくら批評家が請け合ってくれたところで、女性にはどうしても見つけられません。両氏が男性の美徳を賛美している、男性の価値観を使って男性の世界を描いている、というだけではありません。彼らの本に浸透している感情が、女性には理解不能です。こっちに来る、集まってきた、頭上でいまにも弾けそうだと、結末にいたるはるか前に口にしてしまいます。あの絵は老ジョリオンの頭に落下するだろう、老人はその衝撃で死ぬだろう、彼の遺体を前に、老事務員が二言、三言、お悔やみの言葉を述べるだろう、テムズ川の白鳥という白鳥がいっせいに歌い出すだろう。でもそうなる前に、わたしは逃げ出してスグリの木の茂みに隠れてしまいます。男性にとってかくも深遠、かくも繊細、かくも象徴的な感情が、女性には謎だからです。キプリング氏の描く、逃亡する将校たちにしても同じです。〈種蒔きびと《Sowers》〉にしても、〈自分たちだけで軍務《Work》を全うする兵卒《Men》たち〉にしても、〈旗《Flag》〉にしても同じ――こうして大文字で際立たせると、赤面してしまいます。男性だけの乱痴気騒ぎをこっそり立ち聞きしているのを見つかってしまったような心持ちです。ゴールズワージー氏にしてもキプリング氏にしても、女性部分がかけらもありません。そのため女性からすると、両氏の持つ性質のすべてが、一般化して言わせていただくなら野蛮で未熟と思えるのです。彼らには連想させる力が欠けています。そして連想させる力というものが書物に欠けている場合、たとえ心の表面がどんなに叩かれようと、内側にまで浸透してくることはないのです。

落ち着かない気分のまま、本をあれこれ取り出し、開くこともなくまた戻しつつ、わたしは想像してみました。将来、純粋な男らしさの時代、自己主張の強い男らしさの時代が来たらどうでしょうか？　それは教授連中の手紙が予告しているものであり（たとえばウォルター・ローリー卿の書簡集[*6]が例に挙げられます）、イタリアの支配者たちがすでに実現させているものでもあります。というのも、ローマには純然たる男性性があるという印象を受けます。純然たる男性性が国家にとってどんな価値を持つかはさておき、詩の技巧にどんな効果をもたらすかは、はなはだ疑問です。ともかく新聞各紙によると、イタリアには文学についてある種の不安があるようです。イタリア王立アカデミー[*7]は、「イタリアの小説を進展させる」目的で会合を開きました。「上流階級、金融業界、産業界、ならびにファシスト党諸団体の大物男性ら」も先日集まって同じ問題について話し合い、「ファシスト時代は、それにふさわしい詩人をやがて生むだろう」との希望を表明してムッソリーニ総統〔五四頁既出〕

に電報を打ちました。その敬虔なる希望をわたしたちも表明してもいいですが、詩が孵化器から生まれるかどうかは疑わしいものがあります。詩には父だけでなく母も必要です。ファシスト詩は、どこかの州都の博物館でガラス瓶に収められている、醜い小さな月足らずの胎児みたいになるかもしれません。そんな怪物は長生きしないと言われています。その種の鬼子が草原で草を食んでいるところなど、見たことがありません。一つの身体に二つの頭では、長生きできないのです。

しかしながら、こうしたことすべての責任は——もし責任の所在を明らかにしたいならばの話ですが——一方の性別だけではなくもう一方の性別にもあります。あらゆる誘惑者と改革者に責任があるのです。グランヴィル卿に嘘をついたベズバラ伯爵夫人〔九七頁参照〕にも、グレッグ氏〔九五頁参照〕に真実を述べたミス・デイヴィスにも責任があるのです。性別を意識せざるを得ない状況をもたらした、すべてのひとたちの責任が問われねばなりません。このひとたちのせいで、わたしは自分の中のいろいろな能力を呼び覚ますような本が読みたいと思うときには、ミス・デイヴィスやミス・クラフが生まれる前の、作家が心の両面を同じように使っていた幸福な時代に遡って本を探さねばなりません。わたしはシェイクスピアに遡らなくてはなりません——シェイクスピアなら両性具有ですから。キーツ、スターン、クーパー、ラム、コールリッジもそうです。たぶんシェリーには性別がありません。ミルトンとベン・ジョンソンは、少しばかり男性面が過剰です。ワーズワースとトルストイもそうです。現代ではプルーストが完全に両性具有的です――たぶん女性部分が少し過剰かもしれません。しかし女性部分が少し過剰だからといって、そんなひとはとても稀少ですから、不満を言う筋合いのものではありません。とにかくその種の混合がなければ知性ばかりが支配的になり、心の他の能力は硬化して不毛になるのですから。ともあれ、こんな事態もたぶん過渡期だけのことでしょう。考えの筋道をお伝えするとの約束を果たすため、わたしはいろいろお話ししてきましたが、その多くはじきに時代遅れになるでしょう。わたしには目の前で赤々と燃え盛る炎のように映っていることも、まだ成年にも達していないみなさんにしてみれば、じきに怪しいものだと思えてくるかもしれません。

そうだとしても――と、わたしは書き物机のほうに歩いて行って〈女性と小説《フィクション》〉というタイトルを記した紙を手に取って言いました。ここに書く最初の文章はこうしよう。*8 だれであれ自分の性別のことを考えながらものを書くのは致命的である。ただ純粋に男であるとか、女であるのは致命的である。女性であって男らしいか、男性であって女らしくなくてはならない。女性が何かの不満を少しでも強調したり、たとえ正当なことであっても何か言い分を申し立てたり、何らかの形で女性であることを意識して語るのは致命的である。〈致命的〉というのは比喩ではありません――明らかな偏向を持って書かれたものは滅びる運命にあります。それは肥沃になっていきません。一日か二日は眩しく光って注目を集め、力強い傑作のように見えるかもしれませんが、夜になると萎んでしまいます。他の人びとの心の中で成長していきません。

創造の業を成就させるためには、精神の女性部分と男性部分の共同作業が欠かせません。正反対の二者の床入りが行われねばならないのです。作家は十全に経験を伝えていると読者に感じさせるために、心を余すところなく開け広げておかねばなりません。自由でなくてはならず、静謐でなくてはなりません。車輪一つきしんでもいけないし、光がちらっと差し込んでもいけません。カーテンはしっかり閉めておかねばなりません。わたしは思いました――作家は何がしかの経験を得たあとはゆっくりして、暗闇での床入りを心に執り行わせなくてはならない。何が行われつつあるか、窺ったり、疑問に思ったりしてはいけない。作家はむしろ薔薇の花びらを摘み、川を白鳥が静かに泳いでいくのを見ていなければならない。

そしてわたしの目の前には、ボートと男子学生と枯れ葉を運んで行った流れがまた浮かびました。また、タクシーと男性と女性が街路をやってきたあと、タクシーがその男女を乗せた光景も思い浮かびました。わたしはロンドンの交通の喧騒が遠くから聞こえるのを耳にしながら、すべては流れに乗せられ、あの大きな潮流に向かって運ばれていったのだと思いました。

＊

さて、ここでメアリー・ビートン[*9]は口を閉ざします。彼女がみなさんにお話ししてきたのは、どうやって結論――小説ないし詩を書くのであれば、年収五百ポンドとドアに鍵のかかる部屋が要るという淡々とした結論――にたどりついたのかということでした。そう考えるまでの数々の思索と印象を、彼女はすべて残さずお見せしようと努めてきました。みなさんについてきてくださいとお願いして、典礼係の腕の中に飛び込みそうになったこと、こちらの昼食会、あちらの夕食会に出席したこと、大英博物館で落書きをしたこと、本棚から本を取り出したこと、窓から外を眺めたことを話してきました。彼女の話から、みなさんはきっと彼女の失敗や弱点を見て取って、それらが彼女の意見にどんな影響を与えているかを見極めたことでしょう。みなさんは彼女とは異なる意見を持ち、適切だと思うことを彼女の話に追加したり、差し引いたりしてみたことでしょう。そうでなくてはなりません。こういう問いにおいて、真実はあらゆる種類の誤りといっしょにしか見つからないものですから。最後にわたしは自分自身に戻り、二つの批判に前もってお答えして締めくくりたいと思います。当然出てくる批判、みなさんが必ずや提示しそうな批判です。

　みなさんはこうおっしゃるでしょう――男女の長所、せめて男性作家と女性作家の長所がそれぞれどこにあるかくらい、意見を聞かせてほしかったのに、あなたはそうしなかった、と。これは意図的にそうしなかったのでした。たとえ現在男女の長所の比較ができるようになっているとしても、そんな能力を理論化するより、女性にどのくらいのお金と部屋数があるのかを知るほうが現時点においてはるかに重要です。たとえ現在そんな比較ができるとしても、精神なり性格なりに備わっている才能は、砂糖とかバターのように秤にかけられるものだとはわたしには思えません。ケンブリッジはひとに等級をつけ、頭に式帽をかぶせたり名前の最後に称号をつけたりするのがお得意ですが、そのケンブリッジ大学にしても才能は測れません。『ホイッテッカー年鑑』の〈序列表〉[*10]が最終的な優劣を示しているとも思えません。晩餐の席につく際、バース受勲者は精神障害鑑定官の次に続いて歩くべし、などとする正当な理由などないのです。そうやって男性と女性を対抗させ、性質と性質とを比較して、一方が勝《まさ》っていてもう一方が劣っているなどと主張するのは、プライヴェート・スクールの生徒がやることです。そんな子どもであれば、敵味方があり、片方はもう片方に勝たねばならず、壇上に登って校長先生そのひとの手から飾り立てたお鍋《ポット》ならぬ優勝杯をいただくのが最重要事項と考えることもあるかもしれません。しかしひとは成熟するにつれ、〈敵味方〉とか〈校長先生〉とか〈飾り立てたお鍋《ポット》〉に重きを置かなくなってくるものです。

いずれにしても、こと書物について、いつまでも剥がれないように評価のラベルを貼っておくのがいかに難しいかはよく知られています。現在の書評を見れば、判断の難しさがよくわかるのではないでしょうか？　同じ本が「この偉大な本」「このくだらない本」と、二つの名前で呼ばれます。好評にも不評にも、どちらにも意味はありません。評価を下すのは楽しい時間潰しかもしれませんが、あらゆる時間潰しの中でもいちばん無益なものであり、評価者たちの〈こうすべし〉に屈するとしたら、それは最低の卑しむべき態度です。自分が書きたいことを書く、それがすべてです。何年も先まで、あるいは何時間か先までも、それが価値を持つかはだれにもわかりません。それなのに、銀のお鍋を手に持ったどこかの校長先生のため、あるいは物差しを隠し持ったどこかの教授先生のために、あなたのヴィジョンを髪の毛一本分でも、ほんの少しの色味でも変更してしまうとしたら、それは見下げ果てた裏切り行為というものです。財産や純潔を失うことは人的災害の中でも最大級のものと言われてきましたが、ご自分のヴィジョンを変更することに比べたら、ごく些細なことにすぎません。

二つ目の批判として、みなさんはこうおっしゃるかもしれません——これまでの話では、物質的なことの重要性が強調されすぎている。年収五百ポンドは思索を巡らせる力のたとえで、ドアの鍵は自分のことを考える力のたとえというように、象徴的に捉える余地をふんだんに残してくれはしたけれど、でも精神はそういうものを超越すべきだ、貧者が偉大な詩人になることもよくあることだと、あなたは述べても良かったはずだ、と。その批判に対しては、みなさんご自身が教えを受けている文学教授の言葉を引用しましょう。詩人になるのに何が必要か、わたしよりもよくご存知の方です。アーサー・クィラー゠クーチ卿[*11]はこう書いています。[☆1]

過去約百年間の偉大な詩人とはだれだろうか？　コールリッジ、ワーズワース、バイロン、シェリー、ランドー、キーツ、テニスン、ブラウニング、アーノルド、モリス、ロセッティ、スウィンバーン[*12]——ここで止めておこう。キーツ、ブラウニング、ロセッティ以外の全員が大卒男性である。いま挙げた三人の中でも、キーツは詩人としての活動の最盛期に若くして死んだ。かなり裕福とまでは言えないのは彼だけである。

　こう言うと乱暴に聞こえるかもしれないし、残念なことでもあるのだが、詩才は思いのままに宿る、富める者にも貧しい者にも平等に宿るという説にほとんど真実味はない、というのは厳粛な事実である。厳粛な事実として、先に挙げた十二人のうち九人までが大卒男性である。つまりその九人は、イングランドの最良の教育を受ける手段をどうにかして獲得したのである。厳粛な事実として、残りの三人のうちブラウニングが裕福だったことはよく知られている。わたしは読者にお尋ねしたい。ブラウニングが裕福でなかったら、「サウル」や『指輪と本』[13]を書こうなどと努力しただろうか？　それは、ラスキンに事業で成功を収めた父親がいなかったら、『近代画家論』を執筆しようなどとは望まなかっただろう[14]というのと同じではないだろうか？　ロセッティにはわずかではあれ個人所得があり、それに絵を描いていた。キーツだけが残り、運命の女神アトロポス〔ギリシャ神話の女神〕は彼を若くして殺してしまったのである。ジョン・クレア[15]を精神病院で殺し、ジェイムズ・トムスン[16]をアヘンチンキで——彼は失望を紛らわすために

☆1　アーサー・クィラー＝クーチ卿『文章作法』（一九一六）三八～三九頁。

アヘンチンキを飲んでいた――殺したように。

これらは不快な事実だが、きちんと直視したい。ここ二百年そうだったように、現在なお、我が社会の不備のせいで貧しい詩人には露ほどのチャンスも残されていないのである――イギリス国民としては不名誉なことだが、これは確かな事実なのである。信じていただきたい。わたしはこの十年、三百二十校あまりの小学校の視察に多くの時間を費やしてきた。わたしたちは民主主義について云々するが、アテネの奴隷を父として生まれた少年と同様、イングランドの貧しい子どもも、優れた著作が生まれる土壌である知的自由を享受する望みはほとんどない。

だれよりも率直に述べてくれています。「ここ二百年そうだったように、現在なお……貧しい詩人には露ほどのチャンスも残されていない……アテネの奴隷を父として生まれた少年と同様、イングランドの貧しい子どもも、優れた著作が生まれる土壌である知的自由を享受する望みはほとんどない」。そういうことなのです。知的自由はつねに物質的なものに支えられています。詩はつねに知的自由に支えられています。そして女性はこれまでつねに貧乏でした――ここ二百年どころではなく、有史以来の長きにわたって。女性に与えられてきた知的自由は、アテネの奴隷の息子にも劣ります。だとすれば、女性には詩を書くチャンスが露ほどもないということになります。

だからこそ、わたしはお金と自分ひとりの部屋が欠かせないと強調してきました。しかしながら、これまでの無名の女性たち——もっと彼女たちのことがわかればいいのですが——の努力のおかげと、奇妙な話ではあれ二つの戦争のおかげで——クリミア戦争によってフローレンス・ナイティンゲールは客間から脱出でき[*17]、それから約六十年後のヨーロッパの戦争〔第一次世界大戦〕は一般女性にも門戸を開きました——これらの不正は改善されつつあります。そうでなかったら、みなさんは今夜ここにいらっしゃいませんし、みなさんが一年に五百ポンド稼ぎ出す可能性は、残念ながら現在もそれほど確実ではないにしても、もっとはるかに限られたものになっていたでしょう。

それでもなお、みなさんはこうおっしゃるかもしれません。女性が本を書くことをどうしてそれほど重視するのか。あなたの話によると、本の執筆には多大な努力を要するし、たぶん自分の伯母まで殺しかねない。昼食会にはおそらく確実に遅刻してしまい、善意の紳士方とも深刻な言い争いをすることになりかねない。たしかにわたしの動機には、自分勝手なところもあります。教育を受けていないイギリス女性の多くがそうだと思いますが、わたしは本を読むのが――しかもどっさり読むのが――好きです。最近のわたしの読書はやや単調になっています。歴史書は戦争のことばかり、伝記は立派な男たちのことばかり取り上げています。詩はわたしが思うに不毛になりつつありますし、小説は――でも現代小説の批評家としてのわたしの無能ぶりはもう十分にお見せしたので、小説についてはこれ以上言わないでおきましょう。そういうわけで、みなさんにはあらゆる本を書いてほしい、些細なテーマであれ遠大なテーマであれ、ためらわず取り組んでほしいと申し上げたいのです。

みなさんには、何としてでもお金を手に入れてほしいとわたしは願っています。そのお金で旅行をしたり、余暇を過ごしたり、世界の未来ないし過去に思いを馳せたり、本を読んで夢想したり、街角をぶらついたり、思索の糸を流れに深く垂らしてみてほしいのです。わたしは小説だけを書いてほしいとは言いません。わたしのために、そしてわたしのようなたくさんのひとのためにそうしてくださるなら、旅行、冒険、調査、研究、歴史、伝記、批評、哲学、科学など、さまざまな本を書いていただきたい。そうすれば、みなさんは小説という芸術にも資することになります。書物というのはたがいに影響し合うものですから、小説は詩や哲学と肩を並べることで、より面白くなるでしょう。それにまた、過去の優れたひとたち、たとえばサッフォー[*18]とか紫式部[*19]とかエミリー・ブロンテのことを考えれば、彼女たちは創始者であると同時に後継者でもあって、それ以前の女性が自然な書き方をするようになっていたからこそ、出現したのだとわかります。したがって詩の準備段階としても、みなさんの活動は大切なのです。

でも、メモをたどって自分のこれまでの思考過程を批判的に振り返ってみるに、みなさんに本を書いてほしいというわたしの動機は自分勝手なものばかりでもありません。これまでいろいろな意見を連ね、しばしば脱線もしてきましたが、その中には一貫してひとつの信念がありました。つまり、良い本とは望ましいものであり、良い作家というのは人間の堕落の諸相を呈してなお、良い人間なのである、という信念です。本能と言ってもいいかもしれません。というわけで、みなさんにもっと本を書いてくださいとわたしは申し上げながら、あなたにとって良いことを為してください、世界全体にとって良いことを為してくださいとお願いしていたわけです。この本能ないし信念は正当なものだとどうやって説明すればよいのか、わたしにはわかりません。大学教育を受けていないわたしに、哲学的な言葉はうまく使いこなせません。

「現実《リアリティ》」とは何でしょう?　とても不規則なもの、とても頼りないものに思えます。粉塵の舞い上がる道路で見つかることも、街路に落ちている新聞の切れ端に見つかることも、陽を浴びたラッパスイセンに見つかることもあります。一部屋に集った人たちを照らし出し、何気ない一言に刻印を押します。星空の下で家路につくひとを圧倒し、静寂の世界のほうが言葉のある世界よりも真に迫っていると思わせたりします。そうかと思えば、ピカデリー[*20]の喧騒の中を走るバスで見つかったりもします。はるか遠くの、どんな性質のものかわからないものに宿ったりもします。ともあれ「現実」は触れるものを何であれ不動のもの、永遠のものにします。一日の皺くちゃになった皮を垣根に放り投げてなお〔四五頁参照〕、残ります。過去が終わっても、わたしたちの愛と憎しみが過ぎても、「現実」は残ります。

わたしが思うに、作家というものは、この〈現実〉を見据えて生きるチャンスに、他のひとより恵まれています。作家の仕事は、この〈現実〉を探し、収集して、他のひとたちに伝えることにあります。少なくともそれが、『リア王』『エマ』『失われた時間を求めて』を読んでわたしが感じたことです。これらの本を読むと、まるで診察台に横になり五感に手術を施されたようで、以前よりもっと鮮明にものが見え、世界は覆いを剝がされ、より強烈な生命を与えられたように感じられます。非現実ときっぱり決別して生きているのは羨むべきひとたちで、頭を打たれてもそれとわからず気にもしないのは憐れむべきひとたちです。したがって、お金を稼いで自分ひとりの部屋をお持ちくださいと申し上げるとき、わたしはみなさんに〈現実〉を見据えて生きてくださいとお願いしています。〈現実〉を前にした人生は、それを本に書いてひとに知らせることができるかはともかく、活気あるものになるでしょう。

ここでわたしは終わりにしてもいいのですが、慣例によれば、およそスピーチというものは結びの言葉で締めくくらねばならないことになっています。そして女性に向けた結びの言葉は、とりわけ聴衆を高邁かつ高尚な気分にするものでなくてはならないと、みなさんもお考えかもしれません。責任を忘れてはいけません、精神的な高みを目指さなくてはなりませんと、わたしはみなさんに懇願すべきかもしれません。みなさんにはとても多くのことがかかっています、みなさんは未来に多大な影響を与えることができるのですと、言うべきかもしれません。しかし、そんなお説教は男性の方々にお任せしておけばいいでしょう。これまでもわたしよりはるかに雄弁にお説教してくれており、これからもそうでしょうから。よく自分の心中を思い返してみても、伴侶であれとか、同胞であれとか、世界をより高い目標へと導きなさいとか、そんなことを願う気高い感情はわたしにはありません。わたしが簡単に飾らずに申し上げたいのは、何よりも自分自身でいることのほうが、はるかに大切だということです。他のひとたちに影響を与えようなどと夢見るのはやめてくださいと、高邁に聞こえる言い方が見つかればわたしはそう言いたい。事柄じたいについて考えてください。

新聞とか小説とか伝記などをめくると、女性は女性に語りかけるときに、何かきわめて不快なものをこっそり用意しておかねばならない、とされています。女は女に手厳しいものだ。女は女が嫌いなものだ。女は――でも、こんな言葉はなくなってほしいと思うくらい、みなさんはこの言葉にうんざりしていませんか？　じつはわたしがそうなのです。では、女性が女性の聴衆に向けて読み上げる原稿は、とくに耳障りな言葉で締めくくらねばならない、と仮定してみましょう。

でもどうしたらいいのでしょうか？　わたしに何か思いつくでしょうか？　正直に申し上げると、わたしはしばしば女性を好きになります。型にはまっていないところを好きになります。完全性を好きになります。名声を得ようなどと思わず、無名でいるところも好きになります。わたしが好きになるのは――でもこんなふうに延々と続けることはできません。あの戸棚には清潔な食事用ナプキンだけが入っているとみなさんはおっしゃいますが、アーチボルド・ボドキン卿[*21]が隠れていたらどうしましょうか？

では、もっと厳格な調子にいたしましょう。わたしはこれまで、男性諸氏の警告と非難をみなさんに十分にお伝えしたでしょうか？　オスカー・ブラウニング氏がみなさんについて辛辣なご意見をお持ちだったことはお話ししました。かつてナポレオンがみなさんのことをどう考えていたか、そして現在ムッソリーニがどう考えているかを述べました。そして小説家を目指す方もいらっしゃるかもしれないので、勇気をもって女性であることの限界を認めるようにという批評家の忠告も、みなさんのために引用いたしました。X教授に言及し、女性は知的にも道徳的にも身体的にも男性に劣っているという教授の主張に注目しておきました。わたしは自分から探しはしませんでしたが、向こうからやってきた言葉はすべて紹介しました。そしてこの警告が最後です――ジョン・ラングドン＝デイヴィス氏の言葉です。氏は女性に向かい、「子どもがあまり欲しくなくなった際には、女性もあまり必要ではなくなる」と警告しています。[☆2] 書き留めていただいたでしょうか？

これ以上どんな言葉を使ったら、人生という仕事をおやりなさいとみなさんの背中を押してあげられるでしょうか？　若い女性のみなさん、と言いましょうか――結びの言葉を始めますからよく聞いてください。わたしの意見では、みなさんはみっともないくらい、ものを知りません。どんな種類のものであれ重要性のある発見を一度たりともしたことがありません。帝国を震撼させたこともなければ、軍隊を率い戦闘に赴いたこともありません。シェイ

☆2　ジョン・ラングドン＝デイヴィス[*22]『女性小史』（一九二八）。

クスピアの戯曲はみなさんが書いたものではありませんし、野蛮な民族を文明の恩恵に浴させたこともないのです。どんな言いわけができるでしょうか？　結構でしょう、みなさんは地球上のあちこちの街路と街区と森を指差すでしょう。そこには黒い肌と白い肌とコーヒー色の肌の夥しい人びとが住み、忙しそうに行き交いながら仕事と求愛に励んでいます。そしてみなさんは、わたしたちには両手いっぱいの他の仕事があったのですと、そうおっしゃるかもしれません。わたしたちがその務めを果たしていなかったら、海に船が行き交うこともなかったでしょうし、肥沃な大地も砂漠のままでしょう。統計によれば現在十六億二千三百万の人びとを産み、育て、体を洗い、六歳か七歳くらいになるまでものを教えているのです。中には手伝ってもらえる女性もいるにせよ、これをこなすのは時間がかかります。

おっしゃることはごもっとも――否定はしません。しかし同時に、こうも言わせてください。一八六六年以降、イングランドには女性のためのカレッジが少なくとも二つ、開設されています。一八八〇年以降、既婚女性は財産所有権を法律で認められるようになりました。そして一九一九年には――ちょうど九年前にあたります――女性は投票権を与えられたのではなかったでしょうか？　また、専門職の多くが女性に開かれてからおよそ十年が経過しています。[*23] これらの多大な特権がすでに得られ、享受できるようになってからそれなりの年月も経ち、現在では二千人くらいの女性がさまざまな方法で年収五百ポンドを得ているという事実を考えれば、チャンスがなかったとか、訓練を受けていない、励ましが得られない、時間やお金がないなどという言いわけがもう有効ではないのもおわかりになるでしょう。それにまた、シートン夫人〔四〇頁参照〕は子どもを産みすぎたと経済学者たち[*24]は述べています。もちろん女性には子どもを産んでもらわないといけない、でも十人とか十二人でなくていい、二人か三人でいいとのことです。

こうして、みなさんは時間の余裕をいくらか手にし、書物から知識を学んできました。その他の知識はもう十分にお持ちで、大学に入った目的の一部はいったん身につけた教養を解体すること[*25]だったのだと思います。ですからみなさんは、ご自分の人生航路の第二段階をもう始めなくてはなりません。その人生航路は、とても長くて苦労が多く、他人から顧みられることはじつに少ないものです。一千本のペンが、こうするといい、ああするとこんな結果が得られると、助言すべく待ちかねています。わたしの助言は少し風変わりなので、物語《フィクション》の形で言わせてもらいましょう。

この講演の途中、シェイクスピアには妹がいたとわたしは申し上げました。でも、シドニー・リー卿のシェイクスピア伝[*26]に彼女を探さないでください。彼女は若くして死にました

——そう、一語たりと書くこともなく。彼女はエレファント・アンド・キャッスルの向かい側、現在バス停のあるあたりに埋葬されました。さて、わたしの信念はこうです。一語も書かずに十字路に埋葬されたこの詩人は、いまなお生きています。みなさんの内部に、わたしの内部に、食器を洗い子どもを寝かしつけるためにこの場にいない、他の数多くの女性たちの内部に、生きています。ともかく彼女は生きています。というのも、優れた詩人というものは死なないのです。いつまでも現前し続け、チャンスを得て生身の人間となり、わたしたちとともに歩むときを待っています。

わたしが思うに、みなさんの力で彼女にこのチャンスを与えることが、現在可能になりつつあります。わたしは信じています。もしわたしたちがあと一世紀ほど生きたなら——わたしは個々人の小さな別々の生のことではなく、本当の生、共通の生について語っています。あと一世紀ほど生きて、もし各々が年収五百ポンドと自分ひとりの部屋を持ったなら——。もし自由を習慣とし、考えをそのまま書き表す勇気を持つことができたなら——。もし共通の居室からしばし逃げ出して、人間をつねに他人との関係においてではなく〈現実〉との関連において眺め、空や木々それじたいをも眺めることができたなら——。もしミルトンの造り出した化けもの[*27]の背後を、どんなひとであれ視界を遮ってはいけないのですから、その背後を眺めやることができたなら――。もし凭《もた》れかかる腕など現実には存在しないということ、ひとりで行かねばならないということ、わたしたちは男女の世界だけでなく〈現実〉世界とも関わりを持っているのだということを事実として受け入れるのなら――。そうすればチャンスは到来し、シェイクスピアの妹であった死せる詩人は、いままで何度も捨ててきた肉体をまとうでしょう。兄ウィリアムがすでにそうしているように、知られざる先輩たちの生から自分の生を引き出して、蘇るでしょう。

そうした準備がなかったら、わたしたちの側の努力がなかったら、彼女が蘇ったときに生きて詩が書けると思えるようにしておこうという決意がなかったら、彼女は出現できず、期待は叶《かな》いません。でも、彼女のためにわたしたちが仕事をすれば、彼女はきっと来るでしょう。だからこそ貧困の中でだれにも顧みられずに仕事をしたとしても、そこにはやりがいがある――と、わたしは断言するのです。

訳注

第一章

＊1 ニューナムとガートンはいずれもケンブリッジ大学のカレッジ。ケンブリッジ大学は、十三世紀における創設から五百年にわたり男性しか入学できなかったが、女性も同等の高等教育が受けられるように、初めにガートンがエミリー・デイヴィス（一八三〇〜一九二一）によって一八六九年に、次にニューナムがアン・ジャマイマ・クラフ（一八二〇〜九二）によって一八七一年に設立された。なお、ガートンは一九七九年から共学になり現在にいたる。

＊2 〈女性と小説〉というテーマからひとまず推測されるのは、これまでの女性小説家を次々と紹介していくタイプの話だと、ウルフは言いたいようである。名前が挙げられているのは、いずれも十八〜十九世紀イギリスの女性小説家。
　ファニー・バーニー（一七五二〜一八四〇）　音楽史家の娘として生まれ、サミュエル・ジョンソンら、十八世紀の名だたる文人が訪れる家庭で育った。小説に『エヴリーナ』（一七七八）など。日記や手紙も死後に出版された。

ジェイン・オースティン（一七七五～一八一七）　地方の地主階級の人びとの織りなす人間関係を素材としつつ、ユーモアに富む完成度の高い小説を書いた。代表作に『高慢と偏見』（一八一三）、『エマ』（一八一五）など。

ブロンテ姉妹　シャーロット・ブロンテ（一八一六～五五）、エミリー・ブロンテ（一八一八～四八）、アン・ブロンテ（一八二〇～四九）の三姉妹。父はイギリス国教会の牧師で、ヨークシャーの寒村ハワースの牧師館で育ち、近辺の荒涼とした風景をそれぞれ自作に織り込んだ。シャーロットは『ジェイン・エア』（一八四七）で、エミリーは『嵐が丘』（一八四七）で、アンは『ワイルドフェル・ホールの住人』（一八四八）で知られている。

ミス・ミットフォード　メアリー・ラッセル・ミットフォード（一七八七～一八五五）　詩人としてスタートしたが、浪費家の父を持ち、家計を支えるために戯曲や散文も手がけて商業的成功を収めた。村の日常を描いた「我が村」（一八二四）で知られる。

ジョージ・エリオット（一八一九～八〇）　本名メアリ・アン・エヴァンズ。翻訳、編集助手などの仕事を経て小説家となる。歴史や哲学の知識に裏打ちされた、政治や社会問題や倫理をテーマとするスケールの大きな作品を書いた。代表作に『ミドルマーチ』（一八七一～七二）。

ギャスケル夫人　エリザベス・ギャスケル（一八一〇～六五）　イギリス北部の産業都市を舞台に、労働者の悲惨な生活について書いた。代表作に『メアリー・バートン』（一八四八）

など。シャーロット・ブロンテの伝記『シャーロット・ブロンテ伝』(一八五七)も書いている。

＊3　ウルフはここで〈fiction〉という語のさまざまな含み(小説、虚構、文学)を利用して話を広げている。以降、語り手を架空の人物に移行させてからも、そのときどきで〈fiction〉という語をさまざまな意味合いで使う。

＊4　「オックスブリッジ」は、オックスフォード大学とケンブリッジ大学を合わせた混成語。ヴィクトリア朝中期を代表する小説家ウィリアム・メイクピース・サッカレー(一八一一〜六三)が、自伝小説『ペンデニス』(一八四九)において男性主人公の通う大学名として使ったのが最初とされる。両大学とも中世に設立され、十九世紀までイギリスには他の大学は存在しなかったことから、「オックスブリッジ」は他にはない伝統や特権を指し示す言葉でもある。一方、「ファーナム」はニューナム——ウルフが講演を行った女子カレッジ——のパロディか。

＊5　ここからウルフは話者を交代させ、架空の語り手が語るという設定にしている。「メアリー・ビートン」以下言及されているのは、伝承詩《バラッド》「メアリー・ハミルトン」のリフレインに登場する三人のメアリーの名前である。

昨日、王妃さまには四人のメアリーが付き添っていた。
今夜、メアリーは三人になるだろう。
メアリー・ビートン、メアリー・シートン、メアリー・カーマイクル、そしてわたし。

この伝承詩において、「わたし」ことメアリー・ハミルトンは、国王との密通により望まない妊娠をして、出産後すぐに子を殺したために罪に問われ、縛り首になろうとしている。

＊6　第六章において、語り手は話を締めくくる前にオックスブリッジの川に言及している。

＊7　オックスフォードとケンブリッジの両大学において、フェロー fellow とスカラー scholar は、各カレッジに所属する教員と学生のことを指す（ただし scholar という語のほうは現在あまり使われない）。

＊8　チャールズ・ラム（一七七五〜一八三四）。イギリスの詩人・随筆家。貧しかったために大学には進学せず、東インド会社に勤務しながら作品を書いた。代表作に『エリアのエッセイ』（一八二三。邦訳、船木裕訳、平凡社ライブラリー、一九九四）。語り手の言う「昔のエッセイ」とはラムのエッセイ「休暇中のオックスフォード」のことで、一八二〇年に『ロンドン・マガジン』誌に発表後、『エリアのエッセイ』に収められた。このエッセイで、語り手の「エリア」は勤務先の公休を利用してオックスフォード大学を訪れる。

＊9　ラムが友人に宛てたその手紙には、友人のまだ幼い娘に向けたメッセージが小さな文字で書き込まれており、サッカレー（本章＊4参照）はラムのその細やかな心づかいに感銘を受けたという（エドワード・ルーカス『チャールズ・ラム伝』一八一八〜三四、一三三〜三四頁）。

＊10　マックス・ビアボーム（一八七二〜一九五六）はイギリスの随筆家・風刺画家。一八九〇年代に

『イエロー・ブック』誌に随筆や風刺画を寄せてデビュー。随筆集に『マックス・ビアボーム作品集』（一八九六）など。

＊11　ジョン・ミルトン（一六〇八〜七四）はイギリス十七世紀を代表する詩人で、聖書に題材を求めた叙事詩『失楽園』（一六六七）が有名だが、抒情詩や論文なども数多く書いた。ここで言及されている詩「リシダス」（一六三七）は、ミルトンがケンブリッジ大学クライスツ・カレッジを卒業して間もないころ、同カレッジの三歳年下の若者が海難事故により亡くなったことを受けて書かれたもの。田園詩の伝統を踏まえつつ、叙事詩的要素も盛り込まれた、格調高い挽歌である。ラムは『ロンドン・マガジン』発表時の「休暇中のオックスフォード」の注において「リシダス」に触れている。

＊12　『ヘンリー・エズモンド』（一八五二）はサッカレーの代表作の一つで、歴史小説の傑作。十七〜十八世紀イギリス社会を背景に、子爵の庶子として生まれたエズモンドの半生を語るという形式で、十八世紀ジャーナリズム風の文体で語られている。なお、『ヘンリー・エズモンド』の原稿をケンブリッジ大学トリニティ・カレッジ図書館に寄贈したのは、ウルフの父で文芸批評家のレズリー・スティーヴン（一八三二〜一九〇四）だった。

＊13　ロンドンの中心にある大通り。トラファルガー広場から北東に一キロほど延びる。

＊14　どの出来事をもって創設とするかは諸説あるが、オックスフォード大学は十二世紀頃、ケンブリッジ大学は十三世紀頃に創設された。

＊15　中世ヨーロッパの納税制度で、教区の農民が収穫の十分の一を教会に納める制度。オックスフォード大学とケンブリッジ大学の各カレッジは国王や司教から土地の寄付を受けており、十分の一税はそれらの土地から徴収され、各カレッジの収入となった。
＊16　十八世紀イギリスの画家トマス・ゲインズバラ（一七二七〜八八）の臨終の言葉。アンソニー・ヴァン・ダイク（一五九九〜一六四一）はフランドル出身の画家で、チャールズ一世など、イギリスの宮廷人の肖像画で有名。ゲインズバラはヴァン・ダイクに私淑していた。
＊17　イギリスのマン島を発祥地とする猫で、尻尾がないか極端に短い。
＊18　アルフレッド・テニスン（一八〇九〜九二）。ヴィクトリア朝イギリスの詩人で、抒情詩や物語詩を数多く書き、一八五〇年にはヴィクトリア女王から桂冠詩人に任命された。長詩『モード』（一八五五）は青年を語り手とする恋愛詩。
＊19　クリスティナ・ロセッティ（一八三〇〜九四）。ヴィクトリア朝イギリスの詩人で、ラファエル前派の一人。切り詰めた詩行からなる短い抒情詩や、実験的な物語詩『鬼の市』（一八六二）で知られる。引用は「誕生日」（一八五七）から。
＊20　おそらく架空の地名。ウルフが講演を行ったガートン・カレッジは、ケンブリッジの中心から離れた郊外にあり、近郊にマディングリーという村があった。ヘディングリーはこのマディングリーのパロディと考えられる。
＊21　語り手はここでいわゆるモダニズム文学における詩の傾向について語っている。モダニズム文学

とは二十世紀初頭、とくに第一次世界大戦以降に顕著になった文学の新傾向を指すもので、実験的な文体を使い、意識の深層を表現しようとした。語り手は「難解な」モダニズム詩について、たとえばT・S・エリオット（一八八八～一九六五）の長詩『荒地』（一九二二）を念頭においているかもしれない。「四月は残酷な月」とのフレーズで始まるこの有名な詩は、ウルフが夫とともに経営していた出版社ホガース・プレスから出版された。

＊22　十九世紀後半から、イギリスでは今日で言う「第一波フェミニズム運動」が盛り上がりを見せ、既婚女性の権利、女子教育の充実、女性の雇用拡大などを求め、女性たちはグループを作り活動を始めていた。この活動はやがて女性参政権（女性の選挙権）を最大の目標として掲げるようになったが、女性参政権が獲得されないまま、イギリスは第一次世界大戦に参戦した。戦争は女性たちにさまざまな反応を引き起こし、積極的に戦争協力をすることで女性も市民権を持つにふさわしいと示そうと考えた女性もいれば、軍事主義は女性運動の理念に反すると考えた女性もいた。ここでの語り手は、後者のタイプの活動家たちに言及している。

＊23　ここからの描写はひときわ幻想的で、女性だけの共同体への語り手/ウルフの思い入れが窺える。同様の幻想的な描写を、ウルフはニューナム・カレッジを舞台にした短編小説「外から見た女子学寮」（一九二六）でも行っている。同短編の邦訳はウルフほか『[新装版]レズビアン短編小説集――女たちの時間』（利根川真紀編訳、平凡社ライブラリー、二〇一五）に収録。

＊24　ジェイン・エレン・ハリソン（一八五〇～一九二八）のこと。ギリシャ神話研究者であり、ニュ

ーナムの教員《フェロー》だった。一九二八年四月に亡くなったので、語り手はここで春先に時間を移動させ、ハリソンの生前の姿を見ているのかもしれない。

＊25 一般にはプルーンは果物と分類されるので、語り手の思い違いか、プルーン嫌いがこう言わせているのか。

＊26 語り手はケンブリッジとオックスフォードに実在するカレッジの名前を挙げている。トリニティはケンブリッジ大学の、サマーヴィルとクライストチャーチはオックスフォード大学のカレッジで、それぞれ設立は一五五五年、一八七九年、一五四六年。サマーヴィルは女子学生用に設立されたカレッジで、一九九四年から共学になった。なお、ウルフ本人も正規の学校教育を受けていない。

＊27 伝承詩「メアリー・ハミルトン」から借用された名前。本章＊5参照。

＊28 語り手は、男子カレッジでの昼食会で、贅沢な食事とワインのおかげで「背骨を半分ほど降りたあたり」（二二頁）に明かりが灯った気分になっていた。そのことと比較しての発言。

＊29 一八五五年、自由党の機関紙として創刊されたイギリスの週刊誌。十九世紀後半から第一波フェミニズムが盛り上がりを見せる中（本章＊22参照）、反フェミニズムの論陣を張った。一九三八年廃刊。

＊30 ジョン・スチュアート・ミル（一八〇六〜七三）。イギリスの哲学者・経済学者。パートナーのハリエット・テイラー・ミル（一八〇七〜五八）の影響でフェミニズムに傾倒。一八六六年には、エミリー・デイヴィス（本章＊1参照）らの集めた署名を庶民院に提出し、女性参政権法案を提案

した。その後まとめた『女性の隷従』(一八六九、邦題は『女性の解放』)では、女性の教育によって「人類の知的能力が増大する」と論じている。

＊31　ギリシャのアテネにある、古代ギリシャ時代の建築物。ギリシャ神話の女神アテナを祀る。

＊32　ロシアでは一九一七年、ロシア革命によりソヴィエト連邦が樹立されたが、すでに第一次世界大戦の戦禍の中で住居と家族を失い、路上で暮らし、ときには集団で犯罪を企てる子どもたちが数多く存在していた。革命後も、内乱や伝染病や飢饉の発生によりその数は増加する一方で、一九二〇年代には七百万人とも九百万人とも言われ、子どもたちの保護と更生は連邦政府の大きな課題の一つだった。

＊33　イギリスでは既婚女性財産法(一八七〇年に成立、一八八二年に改正)により、妻が自分の収入や財産を所有できるようになった。それまでは妻の収入や財産は夫の管理下にあった(語り手はここで計算違いをしており、改正法から数えるなら、正確には「ここ四十六年」)。

＊34　それぞれオックスフォード大学とケンブリッジ大学の中世以来のカレッジ(ベイリオルは一二六三年、キングズは一四四一年に設立)で、男子学生のみ受け入れてきた。ベイリオルでは一九七九年、キングズでは一九七二年から共学になった。

＊35　一日の体験を終えることを脱皮のイメージで語っている。同じイメージは一九〇頁でも登場。

第二章

＊1　大英博物館は一七五三年、個人の収集品をもとに設立され、その後世界最大規模の博物館になった。図書館部分は一八五七年に増設され、カール・マルクスなど、多くの人物が通って書物を著すことになった。一九九八年以降、図書館は同じくロンドンのセント・パンクラスに移動したが、本書でこのあと記述される円形図書閲覧室は大英博物館内に保存され、一般公開されている。

＊2　暖房のために石炭を大量に使っていた当時、舗道の石炭投入口の蓋を開ければ、そこから各家庭の石炭置き場に石炭が流し込めるようになっていた。

＊3　ロンドンの一地区の名称で、大英博物館もこの地区にある。なお、ウルフは本書を執筆していた頃、ロンドンの家とイギリス南部のサセックス州ロドメルの家を行き来する生活をしていたが、ロンドンの家があったのはこの地区の一角。ウルフが友人たちと形成していた「ブルームズベリー・グループ」の名前の由来にもなっている。

＊4　語り手のメモには、過去の男性文学者の名前と、当時のイギリスの男性有名人の名前が並べられている。

シェイクスピア　ウィリアム・シェイクスピア（一五六四〜一六一六）、十六〜十七世紀のイギリス・ルネサンスを代表する劇作家・詩人。男性としての特権を享受しつつ才能を十全に発揮し、記憶に残る作品と人物像を次々と世に送り出した人物として、語り手は羨望を込めてたびたび彼に言及する。

バーケンヘッド卿　フレデリック・エドウィン・スミス（一八七二～一九三〇）、イギリスの保守党政治家。法廷弁護士としてスタートし、上院議長、インド大臣などの要職を歴任した。一九一〇年代には女性参政権に反対し、「女性参政権に反対するイギリス連盟」に名を連ねている。彼の名前は本書九三頁でも言及されるが、結局その女性観が本書の中で紹介されることはない。

イング首席司祭　ウィリアム・ラルフ・イング（一八六〇～一九五四）イギリスの英国国教会の聖職者。ケンブリッジ大学での神学教授などの職を経たあと、ロンドンの聖ポール寺院の首席司祭になる。長期にわたり『イヴニング・スタンダード』紙にコラムを書き、「悲観主義の首席司祭」の仇名があった。本書九四頁でも名前が登場するが、彼の女性観も本書の中では紹介されない。

ラ・ブリュイエール　ジャン・ド・ラ・ブリュイエール（一六四五～九六）フランスのモラリストで、断章からなる『カラクテール』（一六八八）において人間観察を記した。

サミュエル・ジョンソン（一七〇九～八四）　十八世紀イギリスを代表する詩人・批評家・辞書編纂者・小説家。彼の肯定的な女性観がこの直後に披露される。しかし同時に女性蔑視的な強烈な言葉も残していたり（第三章＊15および九六頁参照）、特定の女性に依存していたことを窺わせる伝記的事実も残していたり（一五一頁参照）と、矛盾をはらんだ人物。

オスカー・ブラウニング（一八三七～一九二三）ケンブリッジ大学の歴史学教授で、イートン・カレッジとキングズ・カレッジで教えていた。本書九四～九五頁で詳述される。

＊5　サミュエル・バトラー（一八三五～一九〇二）。十九世紀後半～二十世紀イギリスの小説家・評論家で、ヴィクトリア朝の宗教や道徳を痛烈に批判し、次世代のモダニズム作家に大きな影響を与えた。風刺小説『エレホン』（一八七二）や半自伝小説『万人の道』（一九〇三）で知られる。引用は、生前のバトラーの覚書を集めた『雑録集』（一九一二）の「良識ある男の女性観はみな同じだが、それがどんなものかを良識ある男は語らない」を踏まえている。

＊6　アレクサンダー・ポウプ（一六八八～一七四四）。十八世紀イギリスの詩人。ギリシャ・ラテン文学に倣った新古典主義を理想とし、風刺に溢れる詩を書いた。引用は詩集『モラル・エッセイズ』（一七三一～三五）の「第二書簡――女性の性格について」から。

＊7　ラ・ブリュイエール『カラクテール』（本章＊4参照）の第三章「女について」から。

＊8　ナポレオン・ボナパルト（一七六九～一八二一）。フランスの軍人・政治家。フランス革命後の混乱を収め、軍事独裁政権を打ち立てた。一八〇四年に公布されたナポレオン法典は、家父長的な家族が秩序を安定させるという考えに基づいており、女性の社会的地位は後退してしまった。

＊9　ヨハン・ヴォルフガング・フォン・ゲーテ（一七四九～一八三二）。ドイツの詩人・劇作家・小説家・政治家。詩劇『ファウスト』（一八〇八～三二）では、子殺しの女性グレートヒェンが救済者の役割を与えられ、ファウストを天上に導く。

＊10 ベニト・ムッソリーニ（一八八三〜一九四五）。イタリアの政治家。一九二一年ファシスト党を結成、翌一九二二年にはクーデターを起こし、独裁体制を整えていく。第二次世界大戦での苦戦により失脚、スイスへ秘密裏に出国しようとして捕らえられ、銃殺される。

＊11 オーストリアの神経病理学者ジークムント・フロイト（一八五六〜一九三九）が創始した精神分析理論のこと。フロイトの精神分析は十九世紀末からイギリスでも知られ、ウルフの周辺でも、弟エイドリアン・スティーヴンとその妻カリン・スティーヴン、ジェイムズ・ストレイチーとアリックス・ストレイチー夫妻のように精神分析家になった人びとがいた。ウルフが夫と共同経営していた出版社ホガース・プレスでは、一九二四年から、ジェイムズ・ストレイチーによるフロイトの著作の英訳出版を開始し、英語圏におけるフロイト精神分析の浸透に重要な貢献をなした。ウルフ本人は、本書の語り口から窺われるように精神分析には懐疑的だったが、晩年まで関心を寄せていた。

＊12 ハムステッドヒースはロンドン北部の公園で、高台になっている。イギリスでは、毎年十一月五日のガイ・フォークス・ナイトに十七世紀のジェイムズ一世暗殺未遂事件にちなんで焚火をしたり花火を打ち上げたりする風習があるが、ウルフの時代、ハムステッドヒースの丘は焚火スポットになっていたらしい。

＊13 語り手は図書閲覧室を出て、大英博物館の展示物のあいだを移動して館外に向かっている。

＊14 ジョセフ・オースティン・チェンバレン（一八六三〜一九三七）。一九二四〜二九年、第二次ボールドウィン内閣の外務大臣を務めた。一九二五年にはロカルノ条約締結に尽力、ヨーロッパに安

定をもたらしたことからノーベル平和賞を受賞している。

＊15　ジョージ・ロムニー（一七三四〜一八〇二）。イギリスの肖像画家。

＊16　レベッカ・ウェスト（一八九二〜一九八三）。本名シシリー・イソベル・フェアフィールド。イギリスのジャーナリスト・小説家・批評家。ペンネームはイプセンの作品に登場する女主人公の名前に由来する。小説では『戦士の帰還』（一九一八）など。第二次世界大戦前夜のユーゴスラヴィアを旅して書いた旅行記『黒い羊と灰色のハヤブサ』（一九四一）で、のちに高く評価される。なお、ウルフの日記によると、「Z氏」とはウルフの友人でもあった批評家デズモンド・マッカーシー（一八七七〜一九五二）のこと。マッカーシーの言葉は一三二頁でも引用される。第四章☆3ならびに＊44参照。

＊17　男女の関係性について定義した有名な一節。語り手はここで「数々の栄光ある戦争」に皮肉混じりに言及しているのみだが、ウルフのもう一冊の代表的評論『三ギニー』（一九三八。邦訳『三ギニー——戦争を阻止するために』片山亜紀訳、平凡社ライブラリー、二〇一七）では、戦争をどうすればなくすことができるかが、踏み込んで議論される。

＊18　ドイツの哲学者フリードリヒ・ニーチェ（一八四四〜一九〇〇）が『ツァラトゥストラはかく語りき』（一八八五）で提示した言葉。

＊19　語り手の伯母は、イギリス植民地であったインドのボンベイで暮らしていたが、ある日事故死した、という設定。伯母の名前は、伝承詩「メアリー・ハミルトン」から借りている。第一章＊5参照。

＊20　一九一八年、人民代表法に基づき第四次選挙法改正が行われ、三十歳以上の一定の財産資格を満たした女性に選挙権が与えられた。二十一歳以上のすべての男女が平等に投票できるようになったのは、その十年後の一九二八年だった——ちょうどウルフがニューナムとガートンで講演を行ったのと同年である。なお、その後一九六九年に、年齢資格は男女ともに十八歳以上となる。

＊21　一九一九年、性差別撤廃法が施行され、女性であることや結婚していることを理由とした雇用差別が禁止された。

＊22　ギリシャ神話のプロメテウスの話からのイメージの転用。ギリシャ神話では、プロメテウスはゼウスの目を盗んで火を盗み出し、人類に与えた。その罰として、彼は岩につながれ、生きたままハゲタカに肝臓をついばまれる。

＊23　語り手は大英博物館のあるブルームズベリー地区を出て、官庁街を南下し、テムズ川沿いの自宅へ戻ろうとしている。アドミラルティ・アーチはバッキンガム宮殿へと続くザ・モール東端のアーチで、旧海軍省庁舎《アドミラルティ》に隣接している。エドワード七世の命によりヴィクトリア女王を記念して作られ、一九一二年に完成。アーチには砲術を象徴した女神像が据えられ、小さな大砲を両腕に抱えている。

＊24　第二代ケンブリッジ公爵ジョージ・ウィリアム・フレデリック・チャールズ（一八一九～一九〇四）は、ジョージ三世の孫、ヴィクトリア女王の従兄にあたる人物で、一八五六～九五年と長期にわたってイギリス陸軍最高司令官を務めた。彼の騎馬像は、ホワイトホールに面した旧陸軍省の前

に建てられ、一九〇七年に完成。語り手はアドミラルティ・アーチを右側に見ながら、官庁の立ち並ぶホワイトホールという通りを歩いている。

＊25　ミルトンは『失楽園』第四巻において、アダムとイヴの違いを説いている。「彼〔アダム〕は神だけを仰ぐように、彼女〔イヴ〕は彼の中の神を仰ぐように造られていた／彼の美しい秀でた額と、天を仰ぎ見る眼は、絶対的な支配を示していた」（二九九～三〇一行）。したがってイヴの子孫である女性が崇拝するよう薦められているのは、アダムの子孫である男性ということになる。

第三章

＊1　エリザベス一世による統治時代（一五五八～一六〇三）。イギリス・ルネサンスの最盛期。

＊2　ジョージ・マコーリー・トレヴェリアン（一八七六～一九六二）はイギリスの歴史家で、一九二七年にはケンブリッジ大学の近代史欽定講座教授となった。ウルフの時代に広く読まれた歴史家で、代表作に『イギリス史』（一九二六）、『イギリス社会史』（一九四二）など。『イギリス史』の邦訳は大野真弓監訳、全三巻、みすず書房、一九七三～七五。

＊3　トレヴェリアン『イギリス史』第二編第八章からの引用。

＊4　ジェフリー・チョーサー（一三四三?～一四〇〇）十四世紀イギリスの詩人・宮廷人・軍人。『カンタベリー物語』は中世ヨーロッパ文学の傑作だが、その頃なお女性には結婚するかしないか、

だれと結婚するかを決める権利もなかったと、語り手は言いたい。

＊5　スチュアート朝　ジェイムズ一世からアンまでの統治期間（一六〇三〜一七一四）。

＊6　トレヴェリアン『イギリス史』第四編五章からの引用。トレヴェリアンが言及している「回想録」とは、フランシス・パーセノープ編『十七世紀におけるヴァーニー家回想録』（一九二五）とルーシー・ハッチンソン『ハッチンソン陸軍大佐の生涯に関する回想』（一八一〇）。

＊7　語り手はシェイクスピア劇に出てくる女性の登場人物の名前を挙げている。

クレオパトラ　悲劇『アントニーとクレオパトラ』（一六〇七）に出てくるエジプトの女王。ローマの政治家マーク・アントニーと恋愛関係にあり、アントニーがオクタヴィアと結婚したとき激怒するが、その後オクタヴィアを捨てたアントニーをふたたび迎え入れる。最後には政治闘争に敗れたアントニーの自殺を嘆き、自分も捕虜としてローマに連行されそうだと知って自殺する。

マクベス夫人　悲劇『マクベス』（一六〇六）における主人公マクベスの妻。権力欲に目覚めた夫マクベスをけしかけ、王殺しを遂行させるが、のちに良心に苛まれて死にいたる。

ロザリンド　喜劇『お気に召すまま』（一五九九）の主要人物。叔父の悪巧みによりアーデンの森に追放され、男装して森をさすらうも、かねてから相思相愛の仲にあった男性オーランドーと森の中で再会する。ロザリンドは正体を隠したままオーランドーの男友達となるが、そのあいだ女羊飼いフィービーがロザリンドを男性と間違えたまま恋心を抱いてしまう。

＊8　語り手は他のシェイクスピア作品、他のヨーロッパの劇作家の作品に言及を広げている。
クリュタイムネストラ　古代ギリシャの劇作家アイスキュロスによる悲劇『アガメムノン』の主要人物。夫でありミュケーナイ王でもあるアガメムノンは、トロイア戦争に赴く際に、娘イピゲネイアを女神への生贄として捧げていた。クリュタイムネストラはこれを恨み、帰還してきたアガメムノンを殺害する。
アンティゴネー　古代ギリシャの劇作家ソフォクレスによる悲劇『アンティゴネー』の主人公で、テーバイの旧王オイディプスの娘。現王クレオンの掟に背き、兄ポリュネイケスの亡骸を埋葬したことで罪に問われる（アンティゴネーの「わたしの本質は憎悪でなく、愛にある」という台詞に、ウルフは『三ギニー』で注目する）。
フェードル　フランスの劇作家ジャン・ラシーヌによる悲劇『フェードル』（一六七七）の女主人公。国王テゼーの王妃となるが、テゼーの前妻の息子イポリットに恋心を抱く。テゼーの訃報を受けてイポリットに恋心を告白するが、拒絶される。その後テゼーの訃報は誤りだったとわかり、混乱の末、フェードルはイポリットを死に追いやり、自分も服毒自殺する。
クレシダ　シェイクスピアの問題劇『トロイラスとクレシダ』（一六〇一～〇二）に登場する。トロイア戦争中、トロイアの王子トロイラスと恋仲になるが、その後、トロイアの敵側ギリシャの武将と恋仲になりトロイラスを激怒させる。
デズデモーナ　シェイクスピアの悲劇『オセロー』（一六〇三～〇四）に登場する。ムーア人将軍オセローの妻で、オセローの部下の悪巧みのせいで夫に浮気を疑われ、夫に絞殺されてしまう。
モルフィ公爵夫人　イギリスの劇作家ジョン・ウェブスターの悲劇『モルフィ公爵夫人』（一六一二〜一四）に登場。まだ若いうちに夫に死なれ、兄たちの忠告を裏切って執事のアントーニオと結婚し、子どもを産む。その事実を知った兄たちに拷問にかけられるが、毅然とした態度を貫いたまま死んでいく。

＊9　語り手は（ミラマントは別として）十八〜二十世紀の代表的ヨーロッパ小説に出てくるヒロインの名前を挙げている。
ミラマント　おそらくイギリスの劇作家ウィリアム・コングリーヴの喜劇『浮世のならわし』（一七〇〇）に登場する女性。ロンドンの紳士ミラベルの求婚相手。
クラリッサ　イギリスの小説家サミュエル・リチャードソンによる書簡体小説『クラリッサ』（一七四七〜八）の主人公、クラリッサ・ハーロウのこと。意に沿わない結婚を家族から強要されて拒絶するも、自室に監禁されてしまう。青年貴族ラブレイスの助けを借りて脱出するが、ラブレイスに結婚を迫られる。ラブレイスはクラリッサを自分の意のままにしようとするが、クラリッサは衰弱死を選ぶ。
ベッキー・シャープ　サッカレー（一六頁に既出）の『虚栄の市』（一八四七〜四八）に登場する二人の女主人公のうちの一人。もう一人の女主人公アミーリア・セドリーが中流階級出身の大人しい令嬢であるのに対し、ベッキーは貧しい画家の娘で、経済的安定をつかむためには嘘や裏切りも意に介さない。作品は十九世紀初頭のイギリス上流社会を主な舞台としつつ、対照的な二人の人生を追う。

アンナ・カレーニナ　ロシアの小説家レフ・トルストイ『アンナ・カレーニナ』（一八七三～七七）の主人公。夫と一人息子がありながら、青年将校ヴロンスキーに恋をしてしまう。

エマ・ボヴァリー　フランスの小説家ギュスターヴ・フロベールの『ボヴァリー夫人』（一八五七）の女主人公。田舎の開業医と結婚するも、凡庸な日々に幻滅を感じ、夫から隠れて他の男性との情事を重ねる。そのあいだも顔見知りの商人からは高価な買物を続け、あるとき借金がかさんで裁判所から家財差し押さえの通知が来る。借金の返済に奔走するがどうにもできず、困り果てて砒素を飲み、死に至る。

ゲルマント公爵夫人　フランスの小説家マルセル・プルースト『失われた時を求めて』（一九一三～二七）に登場する人物で、その優雅な身のこなしで語り手の「わたし」を魅了する。

＊10　メアリー・スチュアート（一五四二～八七）。生後六日目にスコットランド女王になるが、さまざまな陰謀に巻き込まれ、一五六七年には捕らえられて女王の地位を剝奪される。エリザベス一世に保護されるが、エリザベス一世暗殺未遂事件に関わったとされ、処刑される。

＊11　ジョン・オーブリー（一六二六～九七）。イギリスの伝記作家・博物学者。裕福なジェントリーの家に生まれるが、訴訟で財産を失い、友人の家を渡り歩きながら、シェイクスピアなどの有名人

たちの逸話を収集して『名士小伝』（一八一三）を書いた。ウルフの友人で伝記作家のリットン・ストレイチーは、オーブリーの小伝を書いて一九二三年に雑誌に発表している（のちに『細密画の肖像』一九三一。邦訳『てのひらの肖像画』中野康司訳、みすず書房、一九九九に収録）。

＊12　ジョアンナ・ベイリー（一七六二〜一八五一）はスコットランド出身の女性劇作家・詩人で、『情念をめぐる劇』（全三巻、一七九八〜一八一二）などを発表し、ウォルター・スコットら、同時代の作家から高く評価された。エドガー・アラン・ポー（一八〇九〜四九）はアメリカの詩人・小説家・批評家で、ベイリーの『情念をめぐる劇』がアメリカで出版される際に、ベイリーを「イングランド初の女性文学者」と呼んだ（『サザン・リテラリー・メッセンジャー』誌、一八三五年八月号）。

＊13　十六世紀に普及したラテン語教育のための学校で、男子のみ進学できた。現在も名称はイギリスの教育制度の中に残る（ただし現在は共学）。

＊14　いずれも古代ローマの詩人で、作品はラテン語を学ぶ際の模範とされた。オウィディウス（紀元前四三〜紀元一七）は『変身物語』で知られ、シェイクスピア作品にもあちこち引用がある。ウェルギリウス（紀元前七〇〜紀元前一九）は英雄叙事詩『アエネーイス』で、ホラティウス（紀元前六五〜紀元前八）は『風刺詩』などで知られる。

＊15　十八世紀のサミュエル・ジョンソンの言葉――「女性の説教なんて、犬が後ろ足で立って歩くようなものですよ。上手でなくても、やってみせているということが驚きなのです」――を、ウルフ

は十六世紀の男性の言葉として転用している。ジョンソンのこの言葉はジェイムズ・ボズウェルの『ジョンソン伝』（一七六三）に記録されている。語り手は、九六頁でこの言葉にふたたび言及する。

＊16 エレファント・アンド・キャッスルは、ロンドンのテムズ川南岸にあった宿屋の名前で、転じてその地域一帯を指すこともある（現在はサザーク・ロンドン特別区の一地域）。語り手はジュディスの物語に真実味を持たせるために、実在の宿屋の名称に言及している。また、十字路に葬られたというのは、かつて自殺者は墓地に埋葬されず、十字路に埋葬する慣習があったことを踏まえている。その慣習は一八二三年の法律で廃止されるまで続いた。また、イギリスで自殺や自殺未遂が犯罪ではなくなるのは、一九六一年の自殺法を待たねばならなかった。

＊17 サクソン人からもブリトン人からも　サクソン人は北ヨーロッパの部族で、五世紀頃からイギリスに侵入してきた人びとを指す。ブリトン人は、鉄器時代からすでにイギリスに住んでいたケルト系の人びとのこと。

＊18 恵まれない境遇にありながら才能を発揮した例。エミリー・ブロンテはブロンテ姉妹（第一章＊2参照）の次女。牧師の娘ながら貧しく、小説としては『嵐が丘』（一八四七）のみしか遺していないが、その一作で高く評価されている。ロバート・バーンズ（一七五九〜九六）はスコットランドの詩人。小作人の家に生まれ、農耕のかたわら詩を書いた。抒情詩、風刺詩、書簡詩などの広範なジャンルの詩を書き、スコットランドの国民的詩人として敬愛されている。

＊19 すべての人間には生物学上の母がいるのだから、この表現は奇妙に聞こえるが、語り手はチャー

ルズ・ディケンズの短編小説「憑かれた男」（一八四八）の「すべての優れた男性に優れた母親がいるのは、疑いのない事実である」という言葉を踏まえているのかもしれない。

＊20　エドワード・フィッツジェラルド（一八〇九〜八三）。イギリスの詩人で、十一〜十二世紀のペルシャ詩人ウマル・ハイヤームの『ルバイヤート』の英訳（一八五九〜七九）で知られる。また死後出版された『書簡集・遺稿集』（W・オールディス・ライト編、全三巻、一八八九）にはさまざまな文学作品への忌憚のない感想が記されている。

＊21　いずれも十九世紀女性作家のペンネーム。

カラー・ベル　シャーロット・ブロンテ（第一章＊2も参照）のペンネーム。エミリー・ブロンテ、アン・ブロンテもそれぞれエリス・ベル、アクトン・ベルというペンネームを使った。一八五〇年、アンとエミリーの死後、シャーロットは自分を含め三人の名前を明かして、「名前が世に知られるのが嫌だったから」「女性作家の作品には偏見が持たれているという漠とした印象があったから」、女性とはわからないようなペンネームを使ったと述べた（「シャーロット・ブロンテによるエリスおよびアクトン・ベルの略歴」『「嵐が丘」と「アグネス・グレイ」』第二版、一八五〇）。

ジョージ・エリオット　（第一章＊2も参照）メアリ・アン・エヴァンズは小説を書く際にペンネームとしてこの男性名を使った。プライヴァシーを明かしたくない、女性作家の書いたものという先入観を持って読んでほしくないという理由もあったが、すでに本名で評論を書いており、評論の仕事とは別個に評価されたいという理由もあった。
ジョルジュ・サンド　フランスの小説家、オロール・デュパン（一八〇四〜七六）のペンネーム。男性小説家ジュール・サンドーと最初の小説を共作した後で、ジョルジュ・サンドを名乗るようになった。代表作に『愛の妖精』（一八四九）。男装したことでも知られている。

＊22　ペリクレス（紀元前四九五年頃〜四二九）。古代ギリシャの政治家で、アテネに最盛期をもたらした。引用はツキディデス『ペロポネソス戦史』第二巻でのペリクレスの戦死者追悼演説から。戦争で夫を失った妻たちに向けた言葉。

＊23　フランスの哲学者ブレーズ・パスカル（一六二三〜六二）の『パンセ』（一六六九）、断章二九五より。「「あの犬はぼくのもの」と、貧しい子らが言っていた。「これはぼくのひなたぼっこの場所」。ここに地上すべての横領の始まりと、イメージがある」。

＊24　いずれも功績をなした男たちの彫像が立ち並ぶ場所（語り手は、彫像を建てるという行為を、男性の名声欲や所有欲の表れと捉えている）。パーラメント・スクエアは一八六八年に作られた広場で、国会議事堂、ウェストミンスター寺院、最高裁判所などに囲まれており、十九世紀以降の著名な政治家たちの彫像が建っている。ジーゲス・アレーはベルリンの並木道。ヴィルヘルム二世の命を受け、一九〇一年、プロイセン王国の領主などを象った九十六体の大理石像が建てられた。その後一九三八年、ヒトラーによるベルリン改造計画のために石像はすべて移動させられ、第二次世界大戦時にはかなりの損傷を被ったが、現在、六十六体が保存されている。

＊25　いずれもシェイクスピアの悲劇。『リア王』（一六〇五〜〇六）シェイクスピアの四大悲劇の一つで、古代ブリテンの老王リアが主人公。リアは引退の際に三人の娘に王国を分割して与えようとし、どれほど自分を愛しているかを三人それぞれに言わせようとする。長女と次女は愛を語るが、三女のコーディリアは何も語らず、怒った彼はコーディリアを勘当してしまう。その後、リアは長女と次女から冷たくあしらわれ、コーディリアに救われるも、戦いの中でコーディリアは殺され、リアもその死を嘆きながら死ぬ。

＊26　シェイクスピアのライバルだった劇作家ベン・ジョンソン（一五七二〜一六三七）が、『諸発見』（一六四〇）で記した言葉。

＊27　ジャン＝ジャック・ルソー（一七一二〜七八）。フランスの哲学者。『告白』（一七八二〜八九）がある。

＊28　トーマス・カーライル（一七九五〜一八八一）はイギリスの歴史家・評論家。カーライルはジョン・スチュアート・ミル（第一章＊30参照）の提案で『フランス革命史』（一八三七）を書き始め、第一巻を書き上げた段階でミルに原稿を送ったところ、ミルは誤って原稿を燃やしてしまった。そのためカーライルはまた最初から書かねばならなかった。

＊29　ジョン・キーツ（一七九五〜一八二一）。イギリスのロマン派第二世代の詩人で、夭折したため

に作品は少ないが、鮮やかなイメージからなる美しい詩を残したため、現在までよく読まれている。ロンドンの貸馬車屋の家に生まれ、私塾で古典やルネサンス文学の手ほどきを受ける。八歳のときに父が、十四歳のときに母が亡くなったあと、外科医の見習いとなり一八一五年に免許を取得。しかし詩を勉強する時間が欲しいとの思いから、外科医にはならず、詩作に専念することに。生前に詩集を三冊出版するも、保守派の雑誌から酷評される。結核に感染し、療養のためにローマへ行くが、ローマで客死した。

＊30 イギリスの詩人ウィリアム・ワーズワース（一七七〇～一八五〇）の詩「決意と独立」（一八〇二作）の一節。ワーズワースは、サミュエル・テイラー・コールリッジと並んで、イギリスのロマン派第一世代の代表的詩人。一八四三年には桂冠詩人に任命された。

＊31 ロンドンの通りの名前で、専門医の診療所が立ち並んでいることで有名。

＊32 H・E・ワーサム『オスカー・ブラウニング』（一九二七）二四六～四七頁。語り手は、ブラウニングが女性差別的でありつつ、自分の愛している少年に対しても、勝手な妄想を抱くばかりで思いやりに欠けていたと言いたいようである。ただし、現在ではワーサムの記述の信憑性に疑いが持たれている。

＊33 第一章でも言及され、女子カレッジ建設に反対していた（三八頁および第一章＊29参照）。

＊34 ウィリアム・ラスボーン・グレッグ（一八〇九～八一）。イギリスの評論家。マンチェスターの工場主の息子に生まれ、父から受け継いだ工場を経営していたが、一八五〇年から執筆に専念した。

引用はグレッグの評論「なぜ女性は余っているのか?」(一八六二)から。グレッグはイギリスでは男性より女性の数が多いがカナダやオーストラリアなどではその逆であると指摘し、「余った」イギリスの独身女性は移住して夫を見つけるべきだと説いた。

*35 女性が何かを為すことを犬の芸にたとえた元祖は、本当はサミュエル・ジョンソンである。第三章*15参照。

*36 ジェルメーヌ・タイユフェール(一八九二〜一九八三)。フランスの女性作曲家。一九〇四年パリ音楽院入学、優秀な成績で卒業。二台のピアノのための「野外の遊び」(一九一七)で注目される。その後エリック・サティに紹介され、現代作曲家グループ「六人組」に加わる。バレエ音楽、オペラ、吹奏楽、映画音楽など、幅広いジャンルでの作曲がある。女性作曲家への風当たりが強いなか、タイユフェールがいかに作曲を続けたかは、小林緑編『女性作曲家列伝』(平凡社、一九九九)に詳しい。

*37 十九世紀後半からの第一波フェミニズム運動を指す。第一章*22参照。

*38 ヘンリエッタ・ポンゾンビー(一七六一〜一八二一)。第三代ベズバラ伯爵、フレデリック・ポンゾンビー(一七八一〜一八四七)の妻。夫婦仲は悪く、ヘンリエッタには複数の恋人がいた。グランヴィル・ルースンゴワーはその中でも持続的な関係にあった恋人で、ヘンリエッタはルースンゴワーとの子どもを二人産んでいる。グランヴィル伯爵夫人カスタリア編『グランヴィル・ルースンゴワー卿──一七八一年から一八二一年における私信』(全二巻、一九一六)には、ルースンゴワーの求めに応じて綴られたベズバラ伯爵夫人の手紙が数多く収められ、当時のイギリス社会を知

る貴重な史料となっている。

＊39　グランヴィル・ルースンゴワー（一七七三～一八四六）。ベズバラ伯爵夫人の年下の恋人にして、イギリスの政治家・外交官。庶民院の議員を務め、のちにロシア大使、フランス大使を歴任した。

＊40　グランヴィル伯爵夫人カスタリア編『グランヴィル・ルースンゴワー卿』、第一巻、二一八頁。

＊41　フローレンス・ナイティンゲール（一八二〇～一九一〇）。十九世紀イギリスの裕福なジェントリーの家に生まれ、家族の反対を押し切って看護婦になり、それまで独立した職業と見なされていなかった看護職の近代化に多大な貢献をなした。クリミア戦争に従軍看護婦として赴き、イギリス陸軍の衛生状態の改善に力を尽くした。「カッサンドラ」はイギリスの裕福な女性たちが無為の生活を強いられていることを弾劾した文章で、一八五二年に書かれた。ナイティンゲールの生前は出版されず、ストレイチーの『大義』の巻末に収められる形で初めて出版された（邦訳は薄井坦子ほか編訳『ナイチンゲール著作集』全三巻、現代社、一九七七、第三巻に収録されている）。

＊42　ローマにあるキーツの墓には、キーツの遺言により「水にその名前を書かれし者、ここに眠る」と刻まれている。水面に文字を書いてもすぐに消えてしまうように、自分の名前もすぐに消え、人びとから忘れ去られてしまうだろうという意味である。

＊43　ジョン・ダン（一五七二～一六三一）。イギリスの詩人・聖職者。奇抜なメタファーと博識に裏打ちされた詩を書いた。

第四章

＊1　アン・フィンチ（一六六一〜一七二〇）。十七〜十八世紀イギリスの女性詩人。ジェイムズ二世王妃メアリー・オブ・モデナのお付き女官となり、一六八四年にヘニッジ・フィンチと結婚。一六八八年、名誉革命においてジェイムズ二世が廃位となった際に、夫妻は宮廷での役職を失い、友人たちの館を泊まり歩いて過ごした。その間、友人たちとの知的交流に刺激され、アンは詩作に集中するようになった。一七一二年、夫がウィンチルシー伯爵の地位と地所を相続、アンも伯爵夫人となった。引用は「序」（没後、マイラ・レイノルズ編『ウィンチルシー伯爵夫人アンの詩集』一九〇三で初めて出版された）と「憂鬱」（一七〇一）から。

＊2　一行脱落がある。「何ということだ！　ペンを執ってみようなどという女、／男たちの権利をそうやって侵害しようとする、／そんな思い上がった女の過ちは……」。

＊3　ジョン・ミドルトン・マリー（一八八九〜一九五七）。イギリスの批評家で、詩論、文体論、宗教論、文明論などを幅広く論じた。ニュージーランド出身の作家キャサリン・マンスフィールドの夫でもあり、イギリスの作家D・H・ロレンスの良き理解者としても知られる。マリー編『ウィンチルシー伯爵夫人アンの詩集』（一九二八）から語り手は引用し、マリーの序文を参照している。

＊4　ポウプの『人間論』（一七三三〜三四）には「一輪の薔薇の甘美な香りに息絶える」という一節がある。

＊5　一連のエピソードはマリー編『ウィンチルシー伯爵夫人アンの詩集』、一一頁で紹介されている。青鞜派《ブルー・ストッキングズ》とは、十八世紀中葉、エリザベス・モンタギュー（一七二〇～一八〇〇）のサロンに出入りしていた男性が履いていた青い長靴下に由来する言葉で、転じて知的女性のこと。『トリヴィア』（一七一六）はイギリスの詩人・劇作家ジョン・ゲイ（一六八五～一七三二）の詩。

＊6　マリー編『ウィンチルシー伯爵夫人アンの詩集』一一頁。

＊7　語り手は詩の言葉がウィンチルシー伯爵夫人ことアン・フィンチの行動そのままであるように、フィンチが詩をだれにも見せなかったように解釈しているが、実際にはフィンチは親しい友人たちに詩の原稿を回覧しており、詩を一冊の本（『さまざまな場合に応じて書かれた詩集』一七一三）にまとめて出版してもいる。詩の一篇が当時のアンソロジーに入ることもあった。また、現在では、フィンチがさまざまな詩人からの影響を取り入れながら詩を書いていたとも指摘されており、とくにミルトン（第一章＊11参照）やアフラ・ベーン（本章＊15参照）の影響が認められるという。

＊8　マーガレット・キャヴェンディッシュ（一六二四～七四）。十七世紀イギリスの女性詩人・散文作家。チャールズ一世王妃ヘンリエッタ・マリアのお付き女官を務め、ピューリタン革命の際には王妃とともにフランスに亡命し、亡命先でウィリアム・キャヴェンディッシュと出会って結婚した。幅広いジャンルにおける執筆を手がけ、散文、劇、詩、科学論、書簡体エッセイなどを書き、実名入りで作品を出版した。引用は『各所でなされた各種の演説集』（一六六三）所収の「女の演説集」と、『親睦の手紙』（一六六四）から。

＊9　チャールズ・ラムについては第一章＊8参照。ラムの『エリアのエッセイ』において語り手エリアは二度ほどニューカッスル公爵夫人ことマーガレット・キャヴェンディッシュに言及している。「人類の二種族」においては、友人が自分の蔵書であるキャヴェンディッシュの書簡集を借りたまま返してくれないと嘆き、「ハートフォードシャーのマッケリー・エンド」ではキャヴェンディッシュを「わたしの愛おしい、大好きな」作家と呼んでいる。

＊10　サミュエル・エジャトン・ブリッジズ（一七六二〜一八三七）。イギリスの書誌学者・系譜学者で、『マーガレット・キャヴェンディッシュ選詩集』（一八一三）の編者。彼の苦言は同書の序文にある。「我々は〔キャヴェンディッシュの〕きわめて粗野な表現やイメージにあまりに頻繁に驚かされてしまう。これは、宮廷育ちの高位の女性が書いたものだと考えると、いっそう途方もないものだ」。

＊11　イギリスのノッティンガムシャーにある広大な館。十二世紀に修道院として建てられたものをウィリアム・キャヴェンディッシュの父が買い取り、一族の邸宅とした。

＊12　ドロシー・オズボーン（一六二七〜九五）。十七世紀イギリスの女性で、ジェントリーの家に生まれる。十九歳のとき、のちに外交官として活躍するウィリアム・テンプルと出会うが、両家がなかなか結婚を認めず、七年の交際期間を経て一六五四年にようやく結婚した。交際中に彼女がテンプルに書き送った手紙は、十九世紀になって編まれたウィリアム・テンプルの回想録に収録され、その後七十七通が一冊の本として出版された。

＊13　G・E・ムア・スミス編『ドロシー・オズボーンよりウィリアム・テンプル卿への手紙』（一九二八）より。
＊14　同右。
＊15　アフラ・ベーン（一六四〇～八九）。十七世紀イギリスの劇作家・詩人・小説家・翻訳家。詳しい経歴はわかっていないが、一六六三年頃、家族とともに南米スリナムに行き、数ヶ月後、イギリスに戻ってジョン・ベーンと結婚したらしい。数年後に夫は死に、彼女はチャールズ二世のスパイとしてオランダに赴いたり、その経費が払えずに投獄されたりした経験ののち、劇作家となる。作品は成功を収め、『流浪者』（一六七七）など十七篇が残る。スリナムでの体験をもとに書かれた小説『オロノコ』（一六八八）では、奴隷にされたアフリカの王子を主人公にした。ベーンは性的内容にも大胆に踏み込むために、十八～十九世紀には読まれなかったが、二十世紀に入り再評価が始まる。本書もその嚆矢である。
＊16　ベーンの作品『リシダス――当世風の恋人』（一六八八）に出てくる詩の冒頭。ベーンの詩の中でも有名で、「わたし」は女泣かせの放蕩者である。
＊17　ベーンの劇『アブデラザー』（一六七六）に出てくる抒情詩の冒頭。
＊18　ジョージナ・エリザベス・ウォード（一八四六～一九二九）、ダドリー伯爵（一八一七～八五）の妻。
＊19　一九二九年二月四日付のもの。

＊20　ロンドンの通りの名前で、古書店街として有名。
＊21　いずれも古典的名作。
『高慢と偏見』　ジェイン・オースティンの小説（一八一三）。小地主ベネット氏の長女ジェインと次女エリザベスが、大地主の若者ビングリーとその友人のダーシーと出会い、紆余曲折を経て結ばれていく。中心をなすのは次女エリザベスとダーシー。二人がそれぞれ〈偏見〉と〈高慢〉を改めていく過程がたどられる。

『ミドルマーチ』　ジョージ・エリオットの小説（一八七一〜七二）。架空の地方都市ミドルマーチを舞台に、三組の男女の周囲に大勢の人物を配した大河小説。ウルフは評論「ジョージ・エリオット」（一九二五）で、この小説を「大人のために書かれた数少ないイギリス小説の一つ」と評価した。同評論の邦訳は、ウルフ『評論』朱牟田房子訳、みすず書房、一九七六に収録されている、

『ヴィレット』　シャーロット・ブロンテの小説（一八五三）。主人公のルーシー・スノウは、家族を失い、架空の町ヴィレットの女子寄宿学校で教師として働くことになる。しだいにルーシーは同僚のポール・エマニュエルに想いを寄せ、二人は相思相愛となるが、周囲の思惑でポールは西インド諸島に送られてしまう。

『嵐が丘』　エミリー・ブロンテの小説（一八四七）。ヨークシャーの寒村に屋敷を借りたロックウッドは、近郊の屋敷〈嵐が丘〉の主人ヒースクリフを訪ねる。ロックウッドは社交上の

儀礼としてヒースクリフを訪ねただけだったのだが、嵐で帰れなくなり、その夜キャサリンの亡霊まで見てしまう。ロックウッドは屋敷の家政婦ネリーから、ヒースクリフの来歴を聞かされる。それは二世代におよぶ愛と復讐の物語だった。

＊22　クリストファー・マーロウ（一五六四〜九三）。シェイクスピアと同時代のイギリスの劇作家で、若くして亡くなったが、演劇の台詞として使われるようになっていた無韻詩《ブランク・ヴァース》のレベルを一気に引き上げた。『フォースタス博士』（一五九二？）などがある。

＊23　エリザベス・カーター（一七一七〜一八〇六）　イギリスの詩人・翻訳家で、青鞜派《ブルー・ストッキングズ》の一人。父からギリシャ語、ラテン語、ヘブライ語を教わり、その後独学でポルトガル語とアラビア語を修得した。ギリシャ語から英訳した『エピクテトス全作品』（一七五八）は、カーターにかなりの収入をもたらし、二十世紀までエピクテトス研究の標準版として使われた。

＊24　ロンドンのウェストミンスター寺院は、英国国教会の教会で、国会議事堂やパーラメント・スクエア（第三章＊24参照）に隣接している。戴冠式などの王室行事が執り行われるほか、歴代のイギリス国王や、多大な業績を上げたイギリス人科学者・政治家・文学者などの墓が収められている。

＊25　イギリスの詩人アルジャーノン・チャールズ・スウィンバーン（一八三七〜一九〇九）が詩「永別の辞」で用いている言葉。

＊26　一八四八年、シャーロット・ブロンテは、批評家ジョージ・ヘンリー・ルイス（一八一七〜七八）宛の手紙で、オースティンの『高慢と偏見』を読んだ感想をこう記した。「……〔オースティ

ンの」紳士淑女は、優雅ではあれ閉め切った邸宅で暮らしています。わたしはああいう紳士淑女といっしょに暮らしたいとはあまり思えません」。

＊27 「十九世紀初頭の中流階級の家庭には居室が一つしかなかった」ことについて、エミリー・デイヴィスは評論「家庭と高等教育」（一八七八）でこう述べている――「たいてい、家族の全員が一つの部屋に集まる。各人は、状況次第で些末事だったり重要事だったりする他の用事にいつでも応じられるように、言わば気もそぞろになりつつ、やりかけのことを続ける。気もそぞろになり、互いに八つ当たりしてしまうが、それも致し方のないことである」（バーバラ・スティーヴン『エミリー・デイヴィスとガートン・カレッジ』三〇頁）。

＊28 フローレンス・ナイティンゲール「カッサンドラ」より。第三章＊41参照。

＊29 シェイクスピアの悲劇。第三章＊7「クレオパトラ」参照。

＊30 シャーロット・ブロンテの小説（一八四七）。孤児ジェイン・エアがいくつもの試練を経て、やがて幸福を手にするまでの物語。

＊31 ジェイン・エアは慈善学校で教育を受けたあと、住み込みの家庭教師として仕事先を探し、ソーンフィールド館で雇われる。フェアファクス夫人は、ソーンフィールド館の女中頭。

＊32 ソーンフィールド館の少女。ジェインはこの少女の家庭教師をする。

＊33 グレイス・プールはソーンフィールド館の女中。ここでジェインはグレイスが笑っていると思っているが実はそうでなく、「高笑い」は館の秘密と関連がある。

＊34　シャーロット・ブロンテは一八五四年に結婚後まもなく妊娠し、一八五五年、妊娠中に亡くなった（妊娠悪阻による極度の栄養失調か、腸チフスによるものだったと推測されている）。享年三十八歳。たしかに早過ぎる死だが、二人の姉たち、そして弟や妹たちより一番長生きした。

＊35　ジェイン・オースティンの小説（一八一六）。大地主の娘で、何不自由なく育てられたエマが、他人の縁結びに夢中になるあまり失敗を重ねながら成長していく。

＊36　ロンドン北西部の一地区で、エリオットがパートナーのルイスと住んだプライオリ邸があった。

＊37　J・W・クロス『ジョージ・エリオット伝』（一八八四）より。ブレイ夫人宛の手紙（一八五七年六月五日付）に書かれている言葉。

＊38　同右。ピーター・テイラー夫人宛の手紙（一八六一年四月一日付）に書かれている言葉。

＊39　レフ・トルストイ（一八二八～一九一〇）。ロシアの小説家。代表作に『戦争と平和』（一八六五～六九）。トルストイの『アンナ・カレーニナ』にも語り手は第三章で言及している（七七頁参照）。

＊40　ジョージ・エリオットが批評家ジョージ・ヘンリー・ルイス（本章＊26参照）とともに住んだ家。ルイスは妻と別居していたが、法律上離婚できなかったため、既婚者のままエリオットとの共同生活を始めた。プライオリ邸は二人が共同生活を始めて九年後、一八六三年に移り住んだ家で、その後ルイスが亡くなるまでの十五年間、二人はこの家でいっしょに暮らした。そのあいだエリオットは代表作を書き継いだ。

＊41　現トルコのイスタンブールにある建物で、アヤソフィアとも。六世紀に建てられ、巨大ドームを

特徴とする。初めキリスト教の聖堂として、その後イスラム教のモスクとして使用され、一九三五年から博物館となった。

＊42 『ジェイン・エア』の登場人物、ソーンフィールド館の主人エドワード・ロチェスターのこと。ジェインは彼に恋心を抱き、エドワードもジェインの気持ちに応えるが、実はエドワードには秘密がある。

＊43 モダニズム詩人・批評家のT・S・エリオットが編集長を務めた文芸誌。無署名のこの書評は女性詩人ドロシー・ウェルズリー（一八八九〜一九五六）の詩集『母体』（一九二八）について書かれている。ただしウェルズリーを酷評しているわけではなく、「彼女の作品はたいへん興味深い」と続く。同詩集はウルフ夫妻のホガース・プレス社から出版されたものだった。

＊44 書評者はデズモンド・マッカーシーで、レベッカ・ウェストを「とんでもないフェミニスト」と評したのと同一人物（本書六三頁参照）。なお、語り手は省略して引用しているが、もとの文章にはウルフの名もあった（「ジェイン・オースティン、そして現代ではヴァージニア・ウルフ夫人は、これをじつに優雅に身をもって実践したのだが……」）。

＊45 その後有名になった一節。第二波フェミニズム運動の中でフェミニズム文学批評が生まれたとき、この言葉は女性から女性へと伝わる文学伝統を指し示すものとして注目された。

＊46 いずれも十七〜十九世紀イギリスの男性著述家で、独特な文体で知られる。

ラム　本書第一章一五〜一六頁で、語り手はラムのエッセイの特質について考察していた。第一章＊8も参照。

トマス・ブラウン（一六〇五～八二）　医師として開業しつつ、博物学・医学・宗教などにまたがる幅広い知識を駆使してエッセイを書いた。『医師の宗教』（一六四三）、『壺葬論』（一六五八）などがある。

サッカレー　本書全体を通じて、語り手はサッカレーに何度か言及しているが、とくに一六～一七頁において『ペンデニス』の十八世紀的文体について考察している。

ジョン・ヘンリー・ニューマン（一八〇一～九〇）　神学者で、イギリス国教会の改革を試みてオックスフォード運動を推進した。著作に『わが生涯の弁明』（一八六四）などがある。

ローレンス・スターン（一七一三～六八）　牧師の仕事のかたわら小説を書いた。『トリストラム・シャンディ』（一七五九～六七）ではさまざまな語りの実験が行われ、まだ生まれて間もない小説形式を豊かにした。

チャールズ・ディケンズ（一八一二～七〇）　小説家で、作品は国民的人気を博したものが数多い。著作に『オリヴァー・トゥイスト』（一八三八）、『大いなる遺産』（一八六一）などがある。

トマス・ド・クインシー（一七八五～一八五九）　随筆家・批評家で、『阿片吸引者の告白』（一八二一）が有名。

＊47　小説家ロバート・ルイス・スティーヴンソン（一八五〇～九四）が自分の文章修業を振り返って

語った言葉。「ハズリット、ラム、ワーズワースの勤勉な猿真似をわたしは試みてきた」――スティーヴンソン『記憶と肖像』（一八八七）より。スティーヴンソンは『宝島』（一八八一～八二）や『ジキル博士とハイド氏』（一八八六）で有名。

＊48 語り手は十九世紀英仏の「文豪」と目される三人の男性小説家の名前を挙げている。オノレ・ド・バルザック（一七九九～一八五〇）はフランスのリアリズム小説家で、連作『人間喜劇』は九十一編の小説から成る。

＊49 名文家として知られる二人を挙げている。エドワード・ギボン（一七三七～九四）はイギリスの歴史家、『ローマ帝国衰亡史』（一七七六～八八）で知られる。

第五章

＊1 ギリシャ神話研究者。第一章では「J・Hそのひと」と、敬意を込めて言及されていた（三三頁）。『古代の芸術と祭祀』（一九一三。邦訳は星野徹訳、法政大学出版局、一九七四）などがある。

＊2 ヴァーノン・リー（一八五六～一九三五）。イギリスの作家。本名はヴァイオレット・パジェットで、ヴァーノン・リーはペンネーム。生涯のほとんどをイギリス国外で、とくにイタリアのフィレンツェで過ごした。四十冊におよぶ著作があり、美学の分野では『ルネサンス期の空想と研究』（一八九五）など。他にも旅行記・小説・戯曲・平和論など、さまざまなジャンルの作品を書いた。

＊3　ガートルード・ベル（一八六八〜一九二六）。イギリスの旅行家・考古学者・イギリス政府行政官。オックスフォード大学の女子カレッジ、レイディ・マーガレット・ホールで歴史学を学んだあと、ペルシャ（現イラン）でイギリス大使を務めていた叔父を訪ね、印象を『ペルシャの情景』（一八九四）にまとめる。世界各地を巡り、日本も二回訪れている。第一次世界大戦開始後は、中東情勢に詳しく多言語に通じている能力を買われ、T・E・ロレンスとともにカイロの陸軍情報部に勤務。戦後はイラクにとどまり、新政権発足に尽力した。

＊4　架空の人物の架空の小説名。メアリー・カーマイクルは伝承詩「メアリー・ハミルトン」から借用された名前。第一章＊5参照。

＊5　「手を離して unhand」シェイクスピアが『ハムレット』の第一幕第四場で使った語。

＊6　オースティンの『エマ』に登場する。ウッドハウス氏はエマの父。本章＊24参照。

＊7　急勾配を昇り降りするために、途中で折り返して進む鉄道のこと。

＊8　シャルトル・バイロン卿（一八六三〜一九四〇）。一九二八年十一月九日、ラドクリフ・ホールの小説『寂しさの泉』（一九二八）が猥褻かどうかが争われた裁判で、主任治安判事を務めた。『寂しさの泉』は女どうしの愛を率直に描いた作品だったが、一九二八年七月の出版後『サンデー・エクスプレス』紙が同作品を不健全だと書き立て、他の新聞や雑誌もそれに同調したり反論したりして、一大メディア合戦に発展していた。十月には警察が書店で本を押収。多くの文学者・科学者・医者・弁護士・牧師らが作品を弁護し、ウルフも裁判に先立ち、E・M・フォースターと連名で雑

誌に意見を発表した。裁判当日は四十人余りが証言台に立とうと裁判所に詰めかけ、ウルフもそのひとりだった。しかしバイロンはウルフらに意見を述べる機会を一切与えず、同書を破棄すべしとの判決を下した。

＊9　女どうしの愛を肯定する発言として、本書でも有名な一節。のちの文学研究者のリリアン・フェダマンは、この一節をタイトルに『クロエとオリヴィア——十七世紀から現代までのレズビアン文学アンソロジー』（一九九四）を編んだ。

＊10　シェイクスピアの『アントニーとクレオパトラ』に登場する二人の女性で、恋敵の関係にある。

＊11　『十字路邸のダイアナ』（一八八五）。イギリスの小説家ジョージ・メレディス（一八二八〜一九〇九）の小説。主人公ダイアナは不幸な結婚をするが、友人のダンスタン令夫人エマによって幾度となく助けられる。なお、ダイアナは実在の女性キャロライン・ノートン（一八〇八〜七七）をモデルとしている。ノートンは一八三六年、長年の夫の暴力により夫のもとを離れたが、婚姻中の彼女の収入は夫のものとされ、子どもたちには面会できないなどの問題に直面した。その後ノートンは既婚女性の窮状を広く人びとに知らしめ、既婚女性財産法の制定などの法的改善を導いた。

＊12　ジャン・バプティスト・ラシーヌ（一六三九〜九九）。『フェードル』（一六七七）の作者。第三章＊8『フェードル』も参照。

＊13　挙げられているのはシェイクスピア作品の男性人物たちの名前。
　オセロー　『オセロー』の主人公。愛妻デズデモーナの浮気を疑って絞殺、最後には自殺する。

第三章＊8参照。
アントニー　『アントニーとクレオパトラ』における古代ローマの政治家、クレオパトラの恋人。第三章＊8「デズデモーナ」も参照。
シーザー　悲劇『ジュリアス・シーザー』（一五九九）に登場する古代ローマの将軍。戦いに勝ち、ローマ市民の熱い支持を受けるも、部下たちに暗殺されてしまう。
ブルータス　『ジュリアス・シーザー』に登場する、シーザー暗殺を仕組んだ部下の一人。シーザーの忠臣マーク・アントニーに戦いを挑まれ、最後には自害する。
ハムレット　悲劇『ハムレット』（一六〇〇）におけるデンマーク王子。父王の死を嘆き、その後王位についた叔父クローディアスが父を殺したと確信し、復讐しようとする。
リア王　『リア王』におけるブリテンの老王。第三章＊25『リア王』も参照。
ジェイクイズ　喜劇『お気に召すまま』に出てくる皮肉屋の貴族。「この世はすべて舞台／男も女もみな役者に過ぎない」の台詞で有名。

＊14　『バーク貴族名鑑』はジョン・バークが一八二六年に創刊、『デブレット貴族名鑑』はジョン・デブレットが一八〇二年に創刊。どちらもいわゆる「名家」の系譜や紋章などを収録したもの。両者とも現在ウェブサイト上で一部公開されている（http://www.burkespeerage.com, http://www.debretts.com 二〇一五年七月現在）。

＊15　ジョゼフ・ホイッテッカーが一八六八年に創刊した、時事的な情報を収めた年鑑。二〇一五年現

在にいたるまで毎年刊行されている。

＊16 初出の人物のみ、注記する。

ウィリアム・クーパー（一七三一〜一八〇〇）　十八世紀イギリスの詩人。抒情詩「漂流者」（一七九九）は、ウルフの小説『灯台へ』（一九二七）のリフレインとしても使われる。

パーシー・ビッシュ・シェリー（一七九二〜一八二二）　イギリスのロマン派第二世代を代表する詩人の一人。妻はメアリー・シェリー、ゴシック小説『フランケンシュタイン』（一八一八）の作者。

ヴォルテール（一六九四〜一七七八）　本名フランソワ＝マリー・アルエ、フランスの啓蒙主義思想家。伝記にイヴリン・ビアトリス・ホールによる『ヴォルテール伝』（一九〇三）、『ヴォルテールの友人たち』（一九〇六）などがある。

ロバート・ブラウニング（一八一二〜八九）　十九世紀イギリスの詩人（本書でたびたび言及されてきた、オスカー・ブラウニングとは別人物）。妻は詩人エリザベス・バレット・ブラウニングで、二人はエリザベスの父の反対を押し切り、密かに結婚式を挙げ、イタリアに居を構えた。伝記にG・K・チェスタトンの『ロバート・ブラウニング伝』（一九〇三）がある。ウルフは『フラッシュ——ある伝記』（一九三三）で、ブラウニング夫妻の生活をエリザベスの愛犬フラッシュの視点からユーモラスに書いた。

＊17 ウィリアム・ジョインソン＝ヒックス（一八六五〜一九三二）。一九二八年の『寂しさの泉』裁

判（本章＊8参照）に関与した人物。イギリスの保守党政治家で、内務大臣を務めていた（在任一九二四～二九）。ダイアナ・スハミの『ラドクリフ・ホール裁判』（一九九八）によると、裁判を起こす可能性を最初に考え、アーチボルト・ヘンリー・ボドキン（第六章＊21）に連絡を取ったのは、彼だったらしい。

＊18 ヘスター・リンチ・スレイル（一七四一～一八二一）は、国会議員ヘンリー・スレイルの妻で、一七六五年にジョンソン博士と知り合いになってから、たびたび彼を自宅に招待してもてなした。ロンドンのサザックの家にもストリーサムの別荘にも、ジョンソン博士のための部屋を用意した。

＊19 スレイルは夫と死別したのち、イタリア人音楽教師ガブリエル・ピオッツィと結婚してヘスター・リンチ・ピオッツィとなったが、身分違いの結婚だったために人びとの非難を浴び、ジョンソンとの友情も途絶えてしまった。ピオッツィ夫妻はその後イタリアに渡った。

＊20 バラクラヴァの戦いはクリミア戦争（一八五三～五六）中、一八五四年に行われた戦闘のこと。司令が誤って伝えられたために、六百人あまりのイギリス騎兵隊がロシア側の一斉銃撃を浴びることになり、多大な犠牲が出た。この戦闘はテニスンの詩「軽騎兵の突撃」（一八五四）に謳われた。なお、クリミア戦争はナイティンゲールが従軍看護婦として赴いた戦争でもある（第六章＊17参照）。エドワード七世（一八四一～一九一〇）はヴィクトリア女王の次にイギリス国王となり、一九〇一年から一〇年まで、〈エドワード朝〉と呼ばれる時代を築いた。国外ではボーア戦争があり、国内でも女性参政権運動などの激しい政治運動が行われた時代だが、第一次世界大戦前の華やかな

時代としてノスタルジックに回顧されることも多い。

＊21 ミルトンがラテン語の語法に倣い、形容詞と名詞の語順を入れ替えて作詩したことをキーツがこう呼び、自作に取り入れようとした。キーツの叙事詩『ハイペリオン』などにその試みが見られる。

＊22 だれもが自分では気づきにくい欠点を持っているものだということ。

＊23 ユウェナリス（六〇?～一三〇?）はローマの風刺詩人で、残存する十六編の詩において女性にも辛辣な風刺の矢を向けている。ヨハン・オーギュスト・ストリンドベリ（一八四九～一九一二）はスウェーデンの劇作家。『令嬢ジュリー』（一八八八）などで、男性を弄ぶ女性を描いた。エッセイに「男性との比較における女性の劣等性」（一八九〇）がある。

＊24 ウッドハウス氏はオースティンの『エマ』における主人公エマの父親。虚弱体質で、他人の健康のことまで気に病んでしまう喜劇的人物。カソーボン氏はジョージ・エリオットの『ミドルマーチ』の主要人物で、中年の神話研究者。偉大な男性の助手になりたいとの情熱に燃えるドロシアと結婚するが、卑小な人物で、ドロシアを失望させる。

第六章

＊1 ホワイトホール　ロンドンのウェストミンスター地区にある、官庁の立ち並ぶ通り。第二章で語り手はこの通りを歩いて、当時の陸軍省の前のケンブリッジ公爵像を見ていた（六九～七〇頁参照）。

＊2　サミュエル・テイラー・コールリッジ（一七七二～一八三四）はイギリスのロマン派第一世代の詩人で、批評家としても有名。〈偉大な精神は……〉という言葉はコールリッジ『座談集』（一八三五）より。

＊3　第一波フェミニズム運動の中心となった運動のこと（第一章＊22も参照）。イギリスにおける女性参政権の主張はメアリ・ウルストンクラフトの『女性の権利の擁護』（一七九二）にその萌芽があるが、女性たちが組織だった運動を始めるのは一八六〇年代からである。一八六六年、J・S・ミルが女性参政権法案を庶民院で提案したが否決され、その後運動はイギリス全土に広がり、一八九七年にはミリセント・ギャレット・フォーセットを会長とする女性参政権協会全国同盟（NUWSS）が、一九〇三年にはエメリン・パンクハーストと娘のクリスタベル・パンクハーストを中心とする女性社会政治同盟（WSPU）が結成された。両組織は運動方法が大きく違い、前者に属する〈サフラジスト〉たちは集会を開くなどの伝統的な運動方法を踏襲したが、後者の〈サフラジェット〉たちは直接行動によって一般の人びとの関心を引くことをねらい、庶民院や首相官邸の柵に手錠で自分の体をつないだり、投石や放火などを企てたりして、刑務所に収容されればハンガー・ストライキにより抗議した。

運動は第一次世界大戦勃発により中断され、一九一八年には女性参政権が条件つきながら得られたことにより終息していくが、ウルフが本書を出版したころ、運動はまだ人びとの記憶に新しかったと考えられる。語り手がこのあと「黒い婦人帽をかぶった数人の女性たち」と述べているのは、とくに〈サフラジェット〉のことだと推測される。

＊4　いずれも女子教育改革家・女性参政権運動家で、ウルフが講演を行ったニューナムとガートンの設立者。第一章＊1、＊30、第四章＊27も参照。

＊5　ともにウルフより少し上の世代の作家で、両者ともノーベル文学賞を受賞することになった（受賞はそれぞれ一九三二年、一九〇七年）。

ジョン・ゴールズワージー（一八六七～一九三三）　イギリスの劇作家・小説家。上位中流階級《アッパーミドル》のフォーサイト一族をめぐる長編・短編小説を書き継いだことで有名。『フォーサイト家物語』（一九二二）や続編『現代の喜劇』（一九二九）がある。語り手がこのあとに言及しているのは『現代の喜劇』の最後のエピソードだが、絵が頭上に落下してきた衝撃がもとで死ぬのは老ジョリオンではなく、甥のソームズ・フォーサイト。実際には白鳥が何羽もいっせいに歌い出すような劇的な場面はなく、どこかの家から漏れてくる歌声がテムズ川を漂ってくる様子が、「まるで一羽の白鳥が歌っているようだった！」とある（「白鳥の歌《スワン・ソング》」とは辞世の詩の意味）。

ラディヤード・キプリング（一八六五～一九三六）　イギリスの事実上の植民地だったインドで、イギリス人の美術学校教授を父として生まれる。教育はイギリスで受けるが、その後インドに戻ってジャーナリストとして身を立てたのち、詩集『兵舎のバラッド』（一八九二）や小説『ジャングル・ブック』（一八九四）などを発表。各地を転々とした作家だが、晩年はイギリスで過ごした。十九～二十世紀前半によく読まれたが、大英帝国と植民地支配を肯定する内容のために、今日は批判的に読まれることが多い。

＊6　ウォルター・ローリー（一八六一～一九二二）オックスフォード大英文学教授。第一次世界大戦が始まると戦意高揚に力を尽くし、『イングランドと戦争』（一九一八）を出版。

＊7　一九二六年、ムッソリーニ政権によって作られたイタリアの団体。科学・文学・芸術分野で業績を上げたイタリア人六十人が選ばれ、イタリアの知的活動を促進する目的で、講演や出版活動を行った。一九四三年、ムッソリーニ政権崩壊とともに事実上解散となった。

＊8　一三頁で語り手が釣り上げていたアイディアは、最終的にここから述べられている表現になったと考えられる。

＊9　語り手の名前がここでようやく明かされている。財産を遺してくれた伯母と同名で、伝承詩「メアリー・ハミルトン」から借用された名前。

＊10　叙爵者や政府の役職者が、正式行事においてどの順番に並ぶべきかを定めたリストのこと。

＊11　アーサー・クィラー＝クーチ（一八六三～一九四四）イギリスの批評家・小説家。一九一二年にケンブリッジ大学エドワード七世英文学教授となった。『文章作法』は教授就任の際の講義を集めたもの。

＊12　初出の人物のみ注記する。

ジョージ・ゴードン・バイロン（一七八八～一八二四）イギリスのロマン派第二世代を代表

する詩人の一人。著作に『チャイルド・ハロルドの巡歴』（一八一一〜一八）、『ドン・ジュアン』（一八一九〜二四）などがある。

ウォルター・サヴェジ・ランドー（一七七五〜一八六四）　イギリスの詩人・散文作家。叙事詩『ジービア』（一七九八）ではスペインのエジプト侵攻をテーマにした。

マシュー・アーノルド（一八二二〜八八）　イギリスの詩人・批評家。詩作品としては抒情詩「ドーヴァー海岸」（一八六七）で親しまれている。

ウィリアム・モリス（一八三四〜九六）　イギリスの詩人・小説家。物語詩集『地上の楽園』（全四巻、一八六八〜七〇）など。工芸家でもあり、アーツ・アンド・クラフツ運動を推進した。

ダンテ・ゲイブリエル・ロセッティ（一八二八〜八二）　イギリスの詩人・画家。ナポリから亡命してきたイタリア人のダンテ研究者を父として、ロンドンに生まれる。クリスティナ・ロセッティ（本書第一章で引用されていた詩「誕生日」の作者）の兄で、ラファエル前派の中心的存在。

スウィンバーン　イギリスの詩人で、『詩とバラッド』（一八六六）はヴィクトリア時代の性道徳に反するものとして一大センセーションを巻き起こした。小説・劇・批評も書いた。第四章＊25も参照。

＊13　「サウル」はロバート・ブラウニング（第五章＊16参照）による詩集『男と女』（一八五五）に納

められた一編で、旧約聖書のサウル王とダヴィデの物語を、「劇的独白」の手法で語ったもの。同じくブラウニングの『指輪と本』（一八六八〜六九）は、十七世紀ローマで起きた殺人事件をもとにした長詩で、事件に関与した複数の人物の「劇的独白」によって構成されている。

＊14 ジョン・ラスキン（一八一九〜一九〇〇）はイギリスの美術評論家・社会批評家。ロンドンのシェリー酒商人の家に生まれ、早くから家族と一緒にヨーロッパ大陸旅行を重ね、美術への関心を育む。『近代画家論』（一八四三〜六〇）では、J・M・W・ターナーやラファエル前派など、新しい傾向の画家を評価した。

＊15 ジョン・クレア（一七九三〜一八六四）イングランドの貧しい農業労働者の息子として生まれる。一家の困窮に際して書店に持ち込んだ詩が出版社の目に留まり、「囲い込み」による田園風景の変貌を謳う詩人として評価される。チャールズ・ラムやジョン・キーツとも知己を得るが、結婚して七人の子を抱えての農耕生活は経済的に苦しく、アルコール依存に陥り精神的にも破綻していく。一八三七年、友人の勧めで精神病院へ。残りの二十七年のほとんどを精神病院で過ごしながら、「わたしはここにいる」などの詩を書いた。

＊16 ジェイムズ・トムスン（一八三四〜八二）スコットランド生まれの詩人でビッシュ・ヴァノーリスがペンネーム。幼くして父が脳卒中に倒れ、母が亡くなったため、ロンドンにあったスコットランド人のための孤児院に送られる。その後、軍隊付き教員として各地を転々とするあいだに、社会改革家チャールズ・ブラッドローと知り合うとともに、独学でヨーロッパ文学を読みふけり詩作

を始める。一八六二年に除隊になり、ロンドンでジャーナリストとして活動するが、アルコール依存や不眠を抱え（アヘンチンキは入眠剤だった）、長詩「恐ろしき夜の街」（一八七四）で高い評価を受け二冊の詩集を出すも、貧困と孤独のうちに死ぬ。

＊17 クリミア戦争（一八五三〜五六）は、ロシアによる領地拡大を食い止めるために、トルコ・イギリスなどの連合軍がクリミア半島を戦場としてロシアと戦った戦争。開戦直後からイギリス軍は備えが足りず、陸軍病院の劣悪さがイギリス国内でも報じられて問題になっていた。ナイティンゲールは家族の反対を押し切って看護の仕事を始めており、一八五三年にはロンドンの療養所で看護監督を務めていたが、一八五四年のうちにイギリス政府から依頼を受け、看護婦を率いて陸軍病院に赴くことになった。ナイティンゲールは終戦まで病院にとどまり、衛生状態を向上させ、物資の公平な配分に努め、死者数を激減させた（ナイティンゲールについては第三章＊41も参照）。

＊18 サッフォー（紀元前六一〇頃〜紀元前五八〇頃）。古代ギリシャの女性詩人で、一一六頁では「詩歌の最高峰」として言及されていた。なお、レスボス島に生まれ、女性への愛を謳った詩を遺していることから、〈レズビアン〉は女性同性愛者を意味するようになった。ただしウルフの時代に「女性同性愛」を指す言葉はあまり標準化されておらず、ウルフはサッフォーの名前に因んで〈サフィズム〉と呼んでいた。

＊19 紫式部（九七三?〜一〇一四?）は『源氏物語』（一〇〇四?〜一二?）の作者。『源氏物語』の

英訳がアーサー・ウェイリー（一八八九〜一九六六）によってなされ、六巻本として一九二五〜三三年に刊行された。ウルフは第一巻を一九二五年に書評している（「『源氏物語』」）。ウルフは友人で美術批評家のロジャー・フライを通して、ウェイリーと個人的にも知り合いだった。

＊20　ロンドンの中心にある大通りで、ハイド・パーク・コーナーとピカデリー・サーカスを結ぶ。

＊21　アーチボルド・ヘンリー・ボドキン（一八六二〜一九五七）。一九二八年の『寂しさの泉』裁判（第五章＊8参照）に関与した人物。公訴局長官（在任一九二〇〜三〇）として裁判を起こす権限をもっていた彼は、ウィリアム・ジョインソン＝ヒックス内務大臣（第五章＊17参照）から連絡を受け、『寂しさの泉』の出版社を相手取って裁判を起こした。

＊22　ジョン・ラングドン＝デイヴィス（一八九七〜一九七一）はイギリスのジャーナリスト。ウルフはラングドン＝デイヴィスの言葉を、X教授の主張と同列のもの、露骨な女性蔑視のもう一例として引用しているが、若干取り違えがある。原文では「もしも子どもがあまり欲しくなくなったら」というあくまで仮定の話として、女性の出産力は男性が戦争に夢中になれば尊重されなくなるだろうという趣旨で論じられている。同書は原始社会から十八世紀までの女性の地位の変遷をたどったもので、その後も読まれ、日本でも邦訳がJ・L＝デーヴィーズ『女の歴史――女と労働の歴史的省察』（須賀照雄訳、論争社、一九六一）として出版された。

＊23　ウルフは本書ですでに述べてきた事実について、まとめて読者に思い起こさせようとしている（ただし年代には不正確なものもある）。

一八六六年以降、イングランドには…… 一八六九年にガートンが、一八七一年にニューナムが創設された。一九二九年当時、女子カレッジとしては他にオックスフォードに四校と、ロンドン大学にロイヤル・ホロウェイがあった。

一八八〇年以降、既婚女性は…… 一八七〇年の既婚女性財産法(一八八二年に改正)を指す。第一章四三頁ならびに*33参照。

そして一九一九年には…… 一九一八年の人民代表法を指す。第二章*20参照。

また、専門職の多くが…… 一九一九年の性差別撤廃法を指す。第二章*21参照。

*24 おそらく新マルサス主義者を指していると思われる。新マルサス主義者とは、トマス・ロバート・マルサスの『人口論』(一七九八)での主張を発展させ、人口調節ないし避妊が重要だと考える人びとのことで、イギリスでは一八七七年にマルサス同盟が作られ、一九二七年まで活動していた。また、第一次世界大戦後はメアリー・ストープス(一八八〇~一九五八)のバース・コントロール運動も活発で、一九二一年にはイギリス初の避妊クリニックが開設された。

*25 ウルフはここで〈un-educated〉という語を特別な意味を込めて使っている。〈uneducated〉は「教養のない」「教育を受けていない」という意味で使われることが多く、本書でもその意味で数回使われているが、ここではあいだにハイフンを置いて「それまで受けてきた教養を解きほぐす」というような積極的な意味で使われている。なお、ウルフのエッセイ『三ギニー』でも「教育を受けた父たち」の教育の中身が「教育を受けていない娘たち」の立場から吟味される。

＊26　シドニー・リー（一八五九〜一九二六）はイギリスの伝記作家・シェイクスピア学者。ウルフの父レズリー・スティーヴンを編集主任としていた『英国人名辞典』の執筆・編集作業を引き継ぎ、一九一七年、全六十三巻の同辞典を完成させた。その間、『英国人名辞典』のシェイクスピアの項目を自分で執筆し、大著『ウィリアム・シェイクスピアの生涯』（一八九八）を出版した。それまでシェイクスピアの伝記には断片的なものしかなかったため、リーの伝記は画期的だった。

＊27　ウルフは第二章の「いつまでも崇拝しなさいとミルトンがわたしに薦めた、威圧的な男性の姿」（七〇頁）に言及している。第二章＊25も参照。

訳者解説

片山亜紀

『自分ひとりの部屋』（一九二九）は、ヴァージニア・ウルフが小説家として、そして個人として、もっとも充実していた時期に書かれた作品である。小説家としてのウルフは、『ダロウェイ夫人』（一九二五）と『灯台へ』（一九二七）において、みずみずしい文体と斬新な形式を用いて人びとの揺れ動く意識を捉え、モダニズム作家としての地位を確立した。個人としてのウルフは、同じく作家のヴィタ・サックヴィル＝ウェストとの三年間にわたる恋愛を体験したばかりだった——この体験から、ウルフはサックヴィル＝ウェストをモデルに小説『オーランドー』（一九二八）を書いてもいる。さらにウルフの小説の中でもっとも実験的と言われる『波』（一九三一）も、すでに一九二七年から構想が始まっていた。

イギリスの一九二〇年代は、長引いた第一次世界大戦（一九一四～一八）がようやく終わったとの安堵感と解放感が広がる中、戦前の伝統的秩序への回帰が促された時代だった。戦時中、多くのイギリス国民は男女ともに戦争遂行を支持し、男性が兵士として戦場に送られると、女性は軍需産業や運輸業など、これまで女性があまり雇用されていなかった職場で働いた。志願して従軍看護婦となり、戦場に赴く者もいた。一九一八年、戦時貢献が認められた形で、三十歳以上の女性たちに参政権が与えられる――十九世紀中葉からの第一波フェミニズム運動の目的が、ここでほぼ達成されることになった。しかし女性たちが参政権、すなわち選挙で一票を投じる権利を与えられたからといって、すぐさま女性の経済的自立が可能になったわけでも、男女平等社会が実現したわけでもなかった。戦後、男性たちが戦場から戻ってくるとともに、女性は職場から解雇され、家庭に戻るよう促された。戦場で疲弊した男性たちは、鬱屈した感情の矛先を女性に向けがちであり、ジャーナリズムや文学には女性攻撃の言説がしばしば登場していた。

こうした時代背景と照らし合わせるなら、『自分ひとりの部屋』は、矛盾し錯綜する時代の流れに一石を投じるものだったと言えるだろう。「執拗なくらい性別を意識させられる時代」(二七一頁)にあって、女性はどう生きるべきか――。ウルフは歴史を紐解き現状を分析しながら、さまざまな提言を行っている。本書は狭義には「女性と小説」というテーマに基づいた文学論だが、ウルフは同テーマを社会や歴史としっかり結びあわせて語っているので、女性論・フェミニズム論としても読むことができる。そしてその言葉は、時代や文脈は違うがやはり「性別を意識させられる時代」に生きている現代のわたしたちにも、十分に届くものである。

＊

本書成立のきっかけをたどっておきたい。本書冒頭でのウルフの断り書きにあるように、『自分ひとりの部屋』は、一九二八年十月に彼女がケンブリッジ大学の女子カレッジで行った、「女性と小説」についての二度の講演をもとに書かれている。

伝記的資料を総合すると、ウルフはこの二度の講演を、親しい友人たちとの交流の機会として存分に楽しんだようである。一度目のニューナムでの講演（十月二十日）の際には、夫で作家のレナード・ウルフ、姉で画家のヴァネッサ・ベル、そしてベルの九歳の娘アンジェリカが同行していた。一行は当時のニューナムの学寮長パーネル・ストレイチーのもとに泊まった――ストレイチーはウルフの数十年来の友人で、同カレッジでフランス文学を講じていた。翌日、一行は男子カレッジのキングズで教員《フェロー》をしていた友人を訪ね、昼食会に参加している。昼食会には伝記作家のリットン・ストレイチー（パーネル・ストレイチーの弟）、経済学者のジョン・メイナード・ケインズも同席していた。

その一週間後、もう一校の女子カレッジ、ガートンでの講演（十月二十六日）の際には、ヴィタ・サックヴィル＝ウェストがウルフに同行している。二人はキングズへも行って、ヴァネッサ・ベルの息子ジュリアンの部屋を訪ねている（ジュリアンは同カレッジの学生だった）。その後、ガートンでの講演を企画した女子大生たちと、宿泊先のホテルで食事をしている。

しかしながら、こうして旧知の人びととの親睦を楽しみながらも、講演の聴衆であった女子学生たちにウルフは鮮明な印象を抱いたようだ。講演原稿は残っていないため、二つの講演がどのようなものだったのか、正確には不明だが、ガートンでの講演の翌日、二十七日に書かれた日記の記述を読むと、いくらか雰囲気は伝わってくる。


お腹を空かせた、でも勇ましい若い女性たち――それがわたしの印象。知的で熱心だが貧乏で、みんな学校教師になる定めにある。ワインを飲んで自分ひとりの部屋を持ちなさいと、わたしは彼女たちにはっきり言ってあげた。なぜジュリアンとかフランシス〔などの男子学生〕たちには豪華で贅沢な生活がふんだんに分け与えられているのに、フェア〔などのニューナムの女子学生〕たち、そしてトマス〔などのガートンの女子学生（トマ

ス は姓)」たちには何も与えられていないのか?

(『ヴァージニア・ウルフの日記』アン・オリヴィエ・ベル編、第三巻、二〇〇頁)

貧乏を甘受するより、「ワイン」と「自分ひとりの部屋」を享受すべし――。『自分ひとりの部屋』で登場する〈年収五百ポンド〉の言葉はまだないが、〈自分ひとりの部屋〉という言葉は、最初の講演時にすでに使われていたらしい。

それにしても、金銭的余裕のない女子学生たちにあえて「ワインを飲んで自分ひとりの部屋を持ちなさい」と語るというのは、かなり挑発的なことである。ここには、女子学生たちを元気づけたい、思いがけないことを言って揺さぶりたいというウルフの気持ちが窺える。当時ウルフは四十六歳。人生これからという学生たちに向かい、自分なりのエールを送りたい――これが、ウルフを本書執筆へと駆り立てた最大の動機だったのではないだろうか。

*

その後、ウルフはケンブリッジ訪問でのさまざまな体験を織り交ぜて『自分ひとりの部屋』を書き上げ、一九二九年十月に出版した。二回の講演からちょうど一年後である。

『自分ひとりの部屋』は六章構成である。第一章で、ウルフは「女性と小説《フィクション》」というテーマの含意を解きほぐしたあと、自分にできることは〈女性が小説を書こうと思うなら、お金と自分ひとりの部屋を持たねばならない〉（二〇頁）という意見を提示することだけだと言う。そして匿名の語り手——最後にメアリー・ビートンと名前が与えられる——に話者の位置を譲る。語り手は十月のケンブリッジならぬオックスブリッジでの一日について語る。芝生に入っては遮られ、図書館に入ろうとしては遮られ、女性であることの社会的意味を思い知らされる。その後、男子カレッジでは豪華な昼食会に、女子カレッジではつましい夕食会に参加し、なぜ男女にはこうも経済格差があるのかと疑問を抱く。

第二章は翌日の朝から夕方にかけての出来事として語られている。語り手はロンドンの大英博物館に赴き、「なぜ男性はあれほど裕福なのに、女性はあれほど貧乏なのか？」（四七頁）という疑問の答えを探ろうとするが、男性たちによって書かれた膨大な数の女性論の中に答えは見つからない。語り手は、それらの女性論が怒りに任せて書かれたものだと感じ、男性たちは自分たちの優越性が脅かされるのを恐れていると考える。しかし同時に語り手は、自分はすでに〈年収五百ポンド〉と〈自分ひとりの部屋〉を持っているのだから、彼らの怒りを気に病む必要はないとも思う。

第三〜五章は、その日の夕方から夜にかけてのことである。語り手は〈自分ひとりの部屋〉に帰り、本棚に並んでいる本、そして並んでいても良さそうなのに存在していない本を探しながら、あれこれ考える。第三章では歴史書の中に十六世紀の一般女性の姿を見つけようとして失敗し、もしもシェイクスピアにジュディスという名前の妹がいたら、ジュディスはどんな生涯を送ることになっただろうと想像してみる。才能があっても認められず、望まない妊娠をして自殺しただろう――と、その想像は暗鬱なものだ。

第四章では、十七〜十九世紀の女性作家の軌跡をたどる。十七世紀には伯爵夫人や公爵夫人が詩を書いている。しかし女性のくせに詩を書いていると嘲笑され、詩は怒りと恨みで歪んでしまった。同じく十七世紀には女性初の職業作家アフラ・ベーンも登場して、ものを書くことで収入を得ることができるとの範を示した。十八世紀の数多くの女性がベーンの先例に倣った。その集積の上で、十九世紀の女性は傑作小説を書いた。しかし女性に課せられた制約はなお厳しかったので、シャーロット・ブロンテの『ジェイン・エア』のように、怒りと恨みで作品が歪んでしまうこともあった。また、女性作家の伝統はまだ浅いため、女性が使いやすい文体がないことも、女性作家にとっては大きな困難だったと、語り手は振り返る。

第五章は二十世紀の架空の女性小説家、メアリー・カーマイクルについて。カーマイクルの作品を読んでみた語り手は、カーマイクルがこれまでにない文体を使い、思いがけない方向に話を運ぼうとしているのに気づく。頁を繰ってみると、女どうしの関係が緻密に描き込まれており、一人の女性研究員がもう一人の子持ちの女性研究員に好意を寄せているらしい。文学において女性はつねに男性との関係において、男性の恋人、妻、母などとして書かれてきたことを考えれば、これは前代未聞の出来事だと、語り手は驚きの声を上げる。そして想像力を飛翔させ、さまざまな部屋で思い思いの生活をしている女性たち、ロンドンの街路を行く女性たちの姿を思い浮かべる。

第六章は、一夜明けて翌朝である。語り手が窓の外を見ると、一組の男女がタクシーに乗ろうとしている。その二人を見た語り手は、「男女の調和から最大の満足が得られる」（二六九頁）と感じる。心にも二つの性別があり、ひとはその両方を使って創作してはじめて、作品に永遠の生命を与えることができるのではないか——。ここで語り手メアリー・ビートンは口を閉ざし、ウルフがあとを引き継ぐ。そして、女たち一人ひとりが〈年収五百ポンド〉と〈自分ひとりの部屋〉を持って自由を習慣とすれば、やがてジュディス・シェイクスピアも蘇るだろうと締めくくる。

このように、ウルフの分身メアリー・ビートンを語り手とする『自分ひとりの部屋』は、ビートンが生活をしながらその中で考えたことを示していくという形式で、評論でありながら小説のような展開を含んでおり、親しみやすく読みやすい。おそらくはこの親しみやすさのおかげで、本書が最初に出版された際には半年で二万二千部が売れ、それはウルフのどの作品をも凌ぐ、好調な売れ行きだったという。当時の反応はさまざまで、作家アーノルド・ベネットのように、自分は年収五十ポンドも持たないまま小説を書いてきたと手厳しく反論する者もいれば、レベッカ・ウェスト――「とんでもないフェミニスト」と呼ばれていると、作中（六三頁）で言及されていた作家――のように「妥協のないフェミニズム論で、これまで書かれた中でいちばん優れている」と、手放しで誉める者もいた。

その後、本作品はウルフの小説読者を中心に読み継がれてきたが、一九六〇〜八〇年代、ふたたびフェミニズム運動が再燃する中で、新たな脚光を浴びることになる。女性解放運動と呼ばれたこの運動――フェミニズム運動の二度目の高揚期という意味で第二波フェミニズム運動とも呼ばれる――は、「個人的なことは政治的なこと」というスローガンを掲げ、個々の女性がそれぞれの生活において感じている問題の多くはたくさんの女性に共通する問題で、しかも社会のしくみの根幹とも関わる問題でもあると明らかにしていった。その中で、生活実感と結びつけながら思想を展開していく形式の『自分ひとりの部屋』は、自分たちの問題関心を先取りした評論、先駆的な文学批評・文化批評として読み直され、その一言一句が新たに検討され、論点が継承され発展させられることになった。

たとえば「過去何世紀にもわたって、女性は鏡の役割を務めてきました」（六四頁）という本書の言葉は男女の関係性の本質を語るものとして、「女性であれば母たちをとおして物事を再考するものです」（一三四頁）という言葉は女性の伝統をたどる重要性を説くものとして、「クロエはオリヴィアが好きだった」（一四三頁）という一節はレズビアン文学の存在を指し示す言葉として、とくに繰り返し引用されるものである。また第六章で両性具有を理想とするくだりは、これからの望ましい人間像を提示していると評価される一方で、男女という関係のみ特別視していると批判されたりもした（詳しくは江原由美子・金井淑子編『フェミニズムの名著50』平凡社、二〇〇二の中の本書についての拙稿をご覧いただきたい）。

＊

ウルフ／ビートンは、本書において何度か「百年後」「一世紀後」の世界を想像している。あるときは悲観的に、女性は「かつては阻まれていた活動と労苦のすべて」に参加した挙句、「男性よりもはるかに若いうちに、はるかにあっけなく死んでしまう」ようになるだろうという（七二頁）。またあるときは楽観的に、百年も経てば女たちはみな〈年収五百ポンド〉と〈自分ひとりの部屋〉を持っており、ジュディス・シェイクスピア再来のための準備ができているという（一九六〜九七頁）。二〇一五年現在、本書が最初に出版されてから八六年が経過している。過労死社会か、ワーク・ライフ・バランスの実現した社会か——わたしたちの現在はどちらに向かいつつあるのだろうか？

実のところ訳者は、本書が第二波フェミニズム運動の中で丹念に読まれてきたのであれば、本書で提示された論点はすべて引き継がれ、議論し尽くされているのではないか——と最初考えていた。しかし翻訳を経て、本書の提示しているいくつもの重要な論点は未解決にとどまっている、だからこそ今日なお本書を読む意義もあるとの思いを、強く抱くようになった。

そうした論点について、ここでは二点だけ、簡単に記したい。

一点目は、〈女性が小説を書こうと思うなら、お金と自分ひとりの部屋を持たねばならない〉という意見について。この〈お金〉とは〈年収五百ポンド〉だが、これは中の上くらいのゆとりある生活ができる程度の収入なので、大雑把に五百万円くらいと読み替えても、そう間違いではないように思う。したがって、全体をわたしたちの感覚に近づけて読み替えれば、〈ひとがおよそ自由な創造活動をしようと思うなら、年収五百万円と自分ひとりの部屋を持たねばならない〉ということになる。そして——これは本当に正しいのだろうか？

いまも昔も、ぎりぎりの生活をしながらものを書いている人びとはたくさんいる。アーノルド・ベネットの言を待つまでもなく、本書の中でも、チャールズ・ラム、キーツ、ジョン・クレア、ジェイムズ・トムスンら男性作家、そしてシャーロット・ブロンテをはじめとする女性作家たち。彼ら／彼女らは、年収五百ポンド／五百万円があれば、さらに良いものをより多く書いていただろうか？　もちろん、先立つものは何と言ってもお金であり、お金がなければ選択肢が限られるのはたしかなのだが……。また、その場合の「良いもの」とは何だろうか？

さらに付け加えれば、年収五百ポンド／五百万円の獲得方法についても考えねばならない。ビートンは伯母から遺産を譲り受けることができたが、世襲財産など持たないわたしたちの多くにとってみれば、五百万円は自力で稼ぎ出さねばならない。五百万円を稼ぎながら、自由な創造活動ができるくらいの時間的余裕は確保されるのだろうか？　昨今の日本の状況に照らしてみれば、長時間労働に縛られ、消耗させられてしまうのではないだろうか？

もう一つの未解決の論点としては、ジュディス・シェイクスピアのイメージを挙げたい。ジュディスは兄ウィリアムと同じ才能を持ちながら才能を開花させられなかった女性、望まない妊娠をして自殺した女性として登場する。このイメージは第二波フェミニズム運動の中でいったんそのまま継承されたものの、その後の文学研究の中で十六～十七世紀の女性劇作家や女性詩人が何人も発掘され、大幅な修正が迫られるようになった（たとえば楠明子『メアリ・シドニー・ロウス――シェイクスピアに挑んだ女性』みすず書房、二〇一一を参照）。これに伴い、ビートン／ウルフの文学史観――書きたくても書けなかった女性詩人にはじまり、傷だらけの作品を残した貴族女性が続き、職業作家アフラ・ベーンが一時代を画したというような漸進的な進歩史観――は、素朴すぎるとも指摘されている。

では、ジュディスのイメージはもはや無効なのだろうか？　ビートン／ウルフは進歩史観を提示する一方で、妊娠・出産・育児のために男性と同じようには生きられない女性のイメージを、歴史をまたいで何度も提示する。たとえば伝承詩《バラッド》「メアリー・ハミルトン」のわたし（一二頁および第一章＊5）。たとえば十三人の子をなしたために女子カレッジに寄付できなかったシートン夫人（四一～四三頁）。たとえばテムズ川南岸の八十歳に近い老婦人（一五五～一五六頁）。たとえば「食器を洗い子どもを寝かしつけるために」ウルフの講演に来ることは叶わない「他の数多くの女性たち」（一九六頁）。第六章の結びの言葉の中で、子どもは二人か三人でいいという「経済学者たち」（一九五頁）の意見をウルフは紹介し、妊娠・出産・育児に関する男女差は縮小していくと示唆しているようだが、他方、女性の生活には「これからも中断はいつだって入るでしょうから」(二三七頁)と、第四章においてビートンに述べさせている。

おそらく、訳者が推測するに、ウルフ／ビートンは来るべき時代の女性の仕事と生活について、あまり明確なイメージを持っていなかったのかもしれない。しかし確実に言えそうなのは、自分では出産を体験することがなかったにもかかわらず、ウルフは妊娠・出産・育児をつねに念頭に置いて、女性と仕事について考察していたということである。翻って日本の現在を考えれば、妊娠・出産・育児をどのように個々人の生活に組み入れていくか、またどのように社会制度の中に組み入れていくかは、わたしたちの喫緊の問題でもある。第一子の妊娠を機に会社を辞めていく女性が六割、職場にとどまってもさらなるマタニティ・ハラスメントに遭いかねないという現実があり、家庭にこもれば子どもと二人きりの「密室育児」を迫られ〈自分ひとりの部屋〉など望むべくもないという現実があることを考えれば、ジュディス・シェイクスピアの到来を心待ちにできる社会をという呼びかけは、わたしたちにとって、いまなお力を失っていない。

これら二点は、訳者がとくに重要と考える論点だが、もちろん他にも考えるべき論点はたくさんあるに違いない。読者の方々にも、ぜひそうした論点を見つけていただきたいと思う。

＊

訳者注について述べておきたい。本書でビートン／ウルフは「足元に偶然漂ってきたものだけを引用する」（一三二頁）と述べているが、批評家レズリー・スティーヴンの娘として、書評家・批評家・出版者として、ウルフの「足元」に集まってきたものは実に膨大な量にのぼる。本文の理解を深める一助として、訳者注を活用していただければ幸いである。

『私ひとりの部屋』（松香堂書店）の訳者である村松加代子氏も、『自分だけの部屋』（みすず書房）の訳者である川本静子氏も、それぞれ注記にご苦労された旨が両氏の「訳者あとがき」からは伝わってくるのだが、本書に注記を付す作業にも、相当の手間と時間を要した。とはいえ、村松氏や川本氏をはじめとする方々のご努力があり、そしてインターネットで英語圏のものを含む膨大な情報を参照できる現在、訳者の作業量は相対的に少なくて済んでいるのだろうと思う。先人の努力には本当に頭が下がるばかりである。

参照した主要文献・ウェブページは以下のとおりである。本文中で言及されている文献にはなるべく当たるようにしたが、すべての文献を示すことはあまりに膨大になるため、省略させていただく。なお、本書の注に誤記・誤認があるとしたら、もちろんすべて訳者の責任である。

ウルフ、ヴァージニア『私ひとりの部屋』村松加代子訳（松香堂書店、一九八四）

――『自分だけの部屋』川本静子訳（みすず書房、一九八八）

木下卓ほか編著『英語文学事典』（ミネルヴァ書房、二〇〇七）

橋本伸也ほか『エリート教育』（ミネルヴァ書房、二〇〇一）

Ezell, Margaret J. M., "The Myth of Judith Shakespeare: Creating the Canon of Women's Literature," *New Literary History*, Vol.21, No.3 (Spring 1990), pp. 579-92.

Fitzmaurice, James, Josephine A. Roberts, Carol L. Barash, Eugene R. Cunnar, Nancy A. Gutierrez (eds.), *Major Women Writers of Seventeenth-Century England* (University of Michigan Press, 1997)

Hussey, Mark, *Virginia Woolf A-Z* (Oxford University Press, 1995)

Sage, Lorna (ed.), *The Cambridge Guide to Women's Writing in English* (Cambridge University Press, 1999)

Woolf, Virginia, *A Room of One's Own/ Three Guineas*, ed. by Michèle Barrett (Penguin, 1993)

——, *A Room of One's Own/ Three Guineas*, ed. by Morag Shiach (Oxford University Press, 1992)

——, *A Room of One's Own/ Three Guineas*, ed. by Anna Snaith (Oxford University Press, 2015)

A Room of One's Own - Bookdrum 〈http://www.bookdrum.com/books/a-room-of-ones-own/9780141183534/index.html 二〇一五年七月現在〉

*

最後に、本書の完成までにたくさんの方々のご助力を得たことについて、謝辞を述べさせていただきたい。獨協大学図書館の方々には、注記作業にあたって必要となった書物のリクエストに何度となく応じていただいた。同大学でわたしが担当した講義「英語圏の社会・思想・歴史」を受講した学生には、『自分ひとりの部屋』をテーマにした回でさまざまな意見を寄せてもらい、若い世代からの忌憚のない意見として、たいへん参考になった。山中栄子さんと川上由美先生には大変お世話になった。細谷実、あきと、そして両親にもありがとうと言いたい。平凡社の竹内涼子さんには原稿の上がりがいつも遅いわたしを辛抱強く待っていただいた。改めて感謝したい。

二〇一五年七月二十六日　猛暑の折に

[著者]

ヴァージニア・ウルフ Virginia Woolf (1882-1941)

ロンドン生まれ。文芸評論家のレズリー・スティーヴンの娘として書物に囲まれて育つ。1904年より、知人の紹介で書評やエッセイを新聞などに寄稿。父の死をきっかけに、兄弟姉妹とロンドンのブルームズベリー地区に移り住み、後にブルームズベリー・グループと呼ばれる芸術サークルを結成。1912年、仲間の一人、レナード・ウルフと結婚。33歳から小説を発表しはじめ、三作目の『ジェイコブの部屋』(1922)からは、イギリスでもっとも先鋭的なモダニズム芸術家のひとりとして注目される。主な作品に『ダロウェイ夫人』(1925)、『灯台へ』(1927)、『オーランドー』(1928)、『波』(1931)などがある。また、書評家としても知られ、『自分ひとりの部屋』(1929)や『三ギニー』(1938)などの批評は書評の蓄積のうえに行われたものだった。彼女には出版業者としての側面もあり、彼女の著作のほとんどは、夫とともに設立したホガース・プレス社から刊行された。生涯にわたって心の病に苦しめられ、第二次世界大戦中の1941年、サセックスのロドメルで自殺し、59年の生涯を閉じた。

[訳者]

片山亜紀(かたやま・あき)

イースト・アングリア大学大学院修了、博士(英文学)。イギリス小説、ジェンダー研究専攻。共著に『フェミニズムの名著50』(平凡社)、『現在と性をめぐる9つの試論』(春風社)。訳書にC.デュ・ピュイ+D.ドヴィチ『癒しのカウンセリング——中絶からの心の回復』(平凡社)、ピルチャーほか『ジェンダー・スタディーズ』(共訳、新曜社)、トリル・モイ『ボーヴォワール——女性知識人の誕生』(共訳、平凡社)、ラシルド+森茉莉ほか『古典BL小説集』(共訳、平凡社ライブラリー)など。

平凡社ライブラリー　831
自分《じぶん》ひとりの部屋《へや》

発行日…………2015年 8 月25日　初版第 1 刷
2023年12月13日　初版第 9 刷

著者……………ヴァージニア・ウルフ
訳者……………片山亜紀
発行者…………下中順平
発行所…………株式会社平凡社
〒101-0051　東京都千代田区神田神保町3-29
電話　東京(03)3230-6579[編集]
東京(03)3230-6573[営業]
振替　00180-0-29639

印刷・製本 ……中央精版印刷株式会社
D T P …………平凡社制作
装幀……………中垣信夫

ISBN978-4-582-76831-2
NDC 分類番号934.7
B 6 変型判（16.0cm）　総ページ272

平凡社ホームページ　https://www.heibonsha.co.jp/

平凡社ライブラリー　既刊より

ヴァージニア・ウルフ著／片山亜紀訳
三ギニー
戦争を阻止するために

教育や職業の場での女性に対する直接的・制度的差別が、戦争と通底する暴力行為であることを明らかにし、戦争なき未来のための姿勢を三ギニーの寄付行為になぞらえ提示する。【HLオリジナル版】

ヴァージニア・ウルフ著／片山亜紀訳
幕《まく》間《あい》

スターリン、ムッソリーニ、そしてヒトラーが台頭しつつあった頃、英国の古い屋敷では野外劇が上演されようとしていた――迫り来る戦争の気配と時代の気分を捉えた遺作の新訳。【HLオリジナル版】

ヴァージニア・ウルフほか著／利根川真紀編訳
新装版　レズビアン短編小説集
女たちの時間

幼なじみ、旅先での出会い、姉と妹。言えなかった思い、ためらいと勇気……見えにくいけど確実に紡がれてきた「ありのままの」彼女たちの物語。多くのツイートに応え新装版での再刊！【HLオリジナル版】

ラシルド＋森茉莉ほか著／笠間千浪編
古典BL小説集

兄弟、友人、年の差カップル――「やおい」文化勃興前の19世紀末から20世紀半ば、フランス、ドイツ、イギリスなどの女性作家たちによりすでに綴られていた男同士の物語。【HLオリジナル版】

ジョーン・W・スコット著／荻野美穂訳
30周年版　ジェンダーと歴史学

「ジェンダー」を歴史学の批判的分析概念として初めて提起し、周辺化されていた女性の歴史に光をあて、歴史記述に革命的転回を起こした記念碑的名著。30周年改訂新版。